流水不争先,争的是滔滔不绝

在历史的烟云中
观一场欲望的成败

邹静之 / 著

作家出版社

邹静之

1952年出生。江西籍北京人。
诗人,作家,编剧

代表作品

电影
《千里走单骑》《归来》《一代宗师》《大唐玄奘》等

电视剧
《康熙微服私访记》《铁齿铜牙纪晓岚》《倾城之恋》《五月槐花香》等

话剧
《我爱桃花》《断金》《莲花》等

歌剧
《夜宴》《西施》《赵氏孤儿》《长征》等

曾任北京作家协会副主席,现为话剧社"龙马社"社长

目录

序

诞生故事 / 002

缘起　邹静之 / 005

一切皆缘　张国立 / 009

说说静之　王　刚 / 013

写在邹静之先生《断金》剧本出版前　张铁林 / 019

话剧剧本

第一场 / 027

第二场 / 041

第三场 / 061

第四场 / 095

第五场 / 111

第六场 / 121

第七场 / 139

第八场 / 155

第九场 / 171

第十场 / 177

主创访谈

流水不争先，争的是滔滔不绝　冯婧 / 197

主演访谈

张国立 / 215

王 刚 / 221

张铁林 / 225

表演手记

张国立 / 232

王　刚 / 234

张铁林 / 236

杨紫嫣 / 238

张　博 / 240

高晓菲 / 242

姚　怡 / 244

《断金》演出大事记 / 248

断舍离 序言

诞生故事

　　2016年,邹静之与老友张国立、王刚、张铁林聚会,畅谈欢饮间,张国立老师流露出想要回归话剧舞台的念想,邹先生突然就想到了《断金》。一个新鲜而令人激动的想法,一下子激活了"铁三角"三个人心中的舞台魂!

　　于是,从文学剧本到舞台作品《断金》,来了。

郭静之

缘起

邹静之

2017年1月17日下午三点，在南池子某餐馆。《断金》，第一次读剧本。我因感冒发烧读了十几分钟后，国立、王刚、铁林自动加入，三个主要角色就那么定了。我和张博跟着选读另外的角色，两个多小时读罢，抬头看到服务生及左右围听者都沉浸于剧情，默然凝立，我欣欣然，当下烧就退了。那天正是国立的生日，《断金》也有了一个好开头。

2017年8月2日晚，经过黄盈导演及众艺术家三个月的排练准备，戏在保利剧院首演了，当天观众爆棚，谢幕时观众不走。记得家卫导演和壮壮导演看过戏后，也到后台祝贺！

首演之后，《断金》去了全国各地演出，并

于2019年4月，去了澳大利亚演出且获得巨大成功，可惜我都没能参加。好在2019年8月在加拿大温哥华和多伦多的巡演我赶上了。当时有演员因故不能参演，我还一赶三登台救场了。先是扮卖糖葫芦的吆喝着过场，再演苏会长有几句昂扬的台词，后是某掌柜站脚助阵。每晚除化妆、换装外还要在两场的间隙推换布景。好玩又紧张，偶在侧幕帘里看戏，深感演员之不易，每天都得提溜着自己，紧张不行，松懈也不行，辛苦在体力，更在劳心。

这次的巡演，是我与三位老友朝夕相处最长的一次。演出中间的游历和把酒言欢至今回味无穷。合作三十多年了，其中我与国立的合作时间更长些。对于艺术的迷恋和默契，使"铁三角"在《断金》这部戏中更为坚固，相得益彰，大放光芒。作为编剧能与三位合作这么多年，感恩，惜福！

还有一定要提出的是《断金》幕后是有强

大的后援团的，邓婕是这部戏的表演总监，除了给高晓菲等一众女演员私授外，演出更是场场不落，只要看到问题当下就提出并解决；玉婉老师是声乐指导，我这个替补演员也受益良多；王一丁小朋友是台词监督，只要来看戏逢错必纠。

龙马社经过尤其是这十多年的坚持，在姚怡总的管理经营下才有了今天的成绩，这对戏剧人来说实在是一大幸事。

我曾经想过什么样的文艺作品才能称得上是经典：以为，纵向能穿透时间十年，二十年，五十年，一百年；横向能走遍中国，走向世界，才是经典。《断金》经历百场了，《断金》加油啊！

序 | 008

一切皆缘

张国立

那是年轻时候的事儿,我去拍一部电视剧《琉璃厂传奇》,一下子喜欢上了写这个剧本的编剧,他叫邹静之,我喜欢他写的台词,有嚼头,是人物说的话。我主动找他攀谈才知他是个诗人,这也是他写的第一部电视剧。像是命运的安排,后来竟然和他一起做了那么多的戏,《康熙微服私访记》《铁齿铜牙纪晓岚》《五月槐花香》,话剧《我爱桃花》《断金》……不敢细算,一算竟是一辈子。

《断金》要出书了,咱就说说《断金》吧,因为这部戏让老哥儿四个竟又在舞台上扎堆儿,而且演了百场以上。这么多年过去了,还是喜欢静之写的台词,有嚼头,像杯陈酒中流

《断金》演出的时候,每次三遍钟声响过之后,扶着兄长王刚上台时,我都是充满着感恩之情入戏。

淌出来的诗，韵味醇厚。《断金》演出的时候，每次三遍钟声响过之后，扶着兄长王刚上台时，我都是充满着感恩之情入戏。我喜欢《断金》剧情构架厚重，让人物的命运沉浮于朝代更迭之中，每场戏演下来都像经历了另一场人生。

演这个戏的最大收获是知道了不较劲，一切上天皆有安排，认识静之认识王刚认识铁林皆是上天的安排。人生路上如果没有与他们相遇，那我不会是今天的样子，因为王刚、铁林能耐大，又懂收藏又会写字，他们和静之聊的话题宽泛，而我只会演戏，他们就把聊戏的时间更多地让给了我，我跟静之聊得最多的也只有戏。

我们仨演《铁齿铜牙纪晓岚》后，被人戏称为"铁三角"，但我们心里明白，其实我们是"铁四角"，缺一不可。

静之，别放下你手中的笔，你胸中还有更美好的诗句、更生动的故事，我们也还想继续演下去……

说说静之

王刚

我年长静之几岁,便直呼其名,不称先生;也透着近乎,不拘谨,否则后面的话不好讲了。

我与他,还是因戏结缘。拿到《铁齿铜牙纪晓岚》的本子,其中最引起我兴致的单元,我会不由自主地读出声,进而手舞足蹈起来,心中赞叹:咋就这么有趣又有味儿呢?而这些单元大多出自静之的手笔。

喜剧,"有趣"是必需的,否则演员只能尬演,观者定会有被"胳肢"的感觉,双方都尴尬!而"有味儿"更不易。《铁》剧,得有乾隆年的味道吧,而《断金》的味儿,是晚清到民国。这与收藏断代同理,味儿不对,"一眼假"吆!

关于《断金》,要说的话忒多,说一千道一万,还是看原作来劲!

常说真善美,"真"是前提。而戏剧表演却讲究"假戏真做",剧作家更是造假的高手。收藏打眼最怕"假赛真",而观剧却偏偏醉心于此,"为古人掉眼泪",哭得过瘾!"包袱儿"脆响,笑得畅快!

更何况,高级的喜剧往往有正剧甚或悲剧的内涵。当和珅自以为聪明而洋洋得意,实则已经被纪晓岚套路的时候,当事者(和珅)迷,旁观者(观众)清,后者会有一种大大的满足感,惩恶扬善,岂非"正能量"乎?

喜欢静之的戏,也喜欢他的为人。人无癖不可与交,更何况我们的"癖"又如此相近,譬如都爱收藏,首推古典家具。二十多年前,一位青年女作家约我采访,我说我已约了邹静之先生去吕家营看旧家具,她说对邹老师慕名已久,就一起去呗。到了吕家营,我与静之对女作家只说了一句"您在外稍候,里边忒脏",便一头扎进了"河北大库"。那里边黑咕隆咚,尘土飞扬,两个多小时过去,再灰头土脸地出来,哪里还有什么女作家?静之愧叹:怠慢人家喽!

静之实在是爱老家具。提起张艺谋和高仓健，大多会想起影片《千里走单骑》，而我最先想到的竟是一把明代的黄花梨四出头官帽椅，因为她是静之用写《千里走单骑》的稿酬购入收藏的，放在他家客厅显眼处，底下还造了座木台托起来，来了客人谁好意思坐呀？足见他有多珍视她！那是他几年的心血呀！

　　静之还有一个"癖"，爱书法，何绍基的铁粉。《断金》舞台上，我/魏青山，在王府井大街最大的买卖"万盛和"的大牌匾，便是他挥笔而就的。他还爱唱，且是美声男高音，动辄就飙High C！非至亲好友难有此耳福，但可欣赏他执笔的几部大歌剧，如《西施》《赵氏孤儿》《长征》等，堪称歌剧民族化的典范！

　　歌剧最动人处，也最考验歌唱家本事的多是咏叹调。而在话剧里，静之把它化作了大段独白，《断金》里国立和铁林皆有之。说句实话，我演的魏青山，俗眼看，又是个反派，但正因为有了临秋末了的超长独白，他才人性化了，丰满了，立住了！这不由让我想起《宰相刘罗锅》里和珅最后的一段独白,我常说,没有这一段,和珅这一角色我是不会接的,而那一单元出自白桦的手笔。好作家都有过人之处啊!

关于《断金》,要说的话忒多,说一千道一万,还是看原作来劲!

甲辰末伏

写在
邹静之先生《断金》剧本出版前

张铁林

2023年6月24日,历时七年,话剧《断金》第一百场在国家大剧院谢幕了,就像一场梦,本来可以早两年谢幕的,其间却还经历了史无前例的"新冠"肆虐的折腾,更让《断金》悲欢离合的韵味儿积淀得醇厚深沉,因为我们三位"主演"加上静之先生,年龄之和几近二百岁了!这真是悲欣交集的人生阅历。

我常想,《断金》里三位主角的戏剧命运是天意还是偶然?真的是"被那小石子儿这么一硌,它就改了道了"?假如三人不是巧遇在井台边上,富觉罗会心念着祖上的福荫,隐迹江湖温饱无忧了此一生。贵宝性格乐天,将混迹于茶楼酒肆,戏梦人生,最后进一回广播电

静之写的是情理之中、意料之外的"断金",与其说他是位顶顶机智的剧作家,不如说他是土产莎翁+煽情大王!

台,就活值了!唯有魏青山的命运多舛,大概率跟姨太太拎不清,结果叫洪司令一枪给崩了!哪还有"东安市场"一出呢?临了谁是"资本家"还不好说呢。当然,静之没那么写,他写的自然是情理之中、意料之外的"断金",惹得台上台下同步掩泣。与其说邹静之是位顶顶机智的剧作家,不如说他是上产莎翁+煽情大王!

一部好剧,不看评论,看是否经久不息地巡演,看黄牛手上的票价翻跟斗,别的,都是欺世盗名。《断金》足以辉煌和光荣了,苍天可鉴。只可惜了三位主角,除贵宝尚存一息"青春"尾音儿,富觉罗、魏青山,德艺双馨,尚能饭否?静之先生,为你热烈地鼓掌吧,小车不倒只管推!一直推到没墨水儿!加油!

愿戏剧生生不息!

祝大家长寿健康!

2024.8.7 北京

第一场 饯行

> 人生如道上的大车隆隆而行,不知哪块小石头子儿一硌,就改了道了。

舞台黑着。

天幕上映象：世纪初，王府井步行街开街当天的夜晚的热闹场景显现。买东西逛街的人群……收款员点钱的场景……各种各样新鲜的雕像……人们大包小包拎着东西走着……有人在长椅上闲散地坐着……突然一个高兴的游客冲着镜头过来了，高兴地显摆着自己刚买的东西。男男女女高兴的声音……各种店铺的字号一一闪过（总之要繁华、新鲜、时尚）。

舞台上突然一"好"字的声音长音飙出，天幕上的映象一下全灭了……

暗中三束灯光显。

只见三个穿着白长衫的人端立在正中——从左到右依次是贵宝、魏青山、富小莲。

贵　宝：甭看了！（刚才那声"好"就是他发出来的。）再不用看了。看一眼就觉着自己旧了……真够旧的……塔檐上的破铃铛，没芯儿了……吊在风里空晃悠着……就是个影儿喽……心在肺腔子里，咚咚顶着自己往前跑的日子没有了！我死了！贵宝我死了……嘎嘣儿一下，死了！看不见也摸不着了，飘来飘去的……天天地自己跟着自己溜达着，（长袖拖地）这就是死喽。

魏青山：想不恨都不成！我恨贵宝，贵宝你听不见了，我也得说。你把我踹趴下了，对你有什么好？你鼠肚鸡肠，你害朋友往死里下家伙……你一点见不得人风光！不是跟你叫板，王府井这条街，到什么时候它也得有我魏青山这一号！你连个混混都不如……看这南来北往的脚印，都是摞在咱爷们儿脚印上蹚过来的，王府井大街是咱爷们儿的骨血打的底儿……我魏青山站着是山,倒下还是山。

富小莲:真好,羊杂碎的味儿还有,冬天要是刮北风,东来顺的味儿,能飘半条街……再冷的天,想着有碗热羊杂在等着你呢,那日子就是好日子!要是手上再能托上个艾窝窝,又凉又糯地在手心里晃着跟颗大水珠似的艾窝窝,那该是多么地惬意!我八岁生日那天,二奶奶在东屋死了,我妈说,刚还好好的,怎么就死了呢?那是我第一次看见死人……打那儿起我不愿过生日,一过生日就想到得死!……我没恨过贵宝,我也不恨青山,我不恨……我这辈子有对不起的人,想翻(fān)过头重来……天地不容了,天地不容了!

【一口井从三人中间升了起来。三个人,看着那口井(此时三个人话是各说各的,但内容能碰上。

富小莲:为了这条街,这口井又给挖出来了……真能耐,瞧瞧,新配的井盖。

魏青山:招牌,大招牌一升,人就聚过来了……砰砰地放炮仗,那程子只要一挂匾,我这心就跟一百响的麻雷子似的,嗵嗵地往外起鼓儿,高兴得都站不住呢。

贵　宝:……我在这井圈上刻过字,我一辈子就想吃开口饭,成角儿。这话不敢跟人说,只能冲着井里喊……甭管祖师爷赏不赏饭吃,我这辈子守着这点儿念想就算没白活!(唱两口)

富小莲:那天晚上巡城的兵走过这儿时,原本不认识的哥儿仨都听了去了……

【俩巡城的兵上。三个人此时是那夜的活人,在井口安静着。

巡城甲:明儿个,东华门所有的铺子都得拆!

巡城乙:(耳背,声音大)挪地儿啊?!

巡城甲:挪。老佛爷从西安回来之后,说是要扩道,其实是怕上朝的官儿过路不安全……大清国活到这会儿,胆小了!

巡城乙:谁胆小了?

巡城甲:大清国!

巡城乙:那是,可这么些个买卖挪哪儿去啊?

巡城甲:神机营的靶场。

巡城乙:原来打枪的地方?

巡城甲:改卖货了,起了个名叫东安市场。

巡城乙：大清国不打枪了？

巡城甲：就是让洋枪打怕了呢。

【二人下。

魏青山：那天我白天挨了洪家人揍，晚上酒喝高了，来井圈找水喝，正碰上有人在打水。

富小莲：我给他打上水来，他就把头扎进桶里了，不像喝水，把头扎在水里哭。酒、眼泪和着冰凉的井水，一块搅和着那桶水咕咚咕咚冒泡……看着人是真伤心了。（可以有声效。）

贵　宝：哎！兄弟，怎么着啊？想把自己浸死呵？来，起来，停会儿，停会儿，喘口气喘口气……人活着，心气儿不能太高，怎么着都是一辈子……哎！停会儿啊！（魏青山一头又扎回到桶里，贵宝没拉住。）都混到半夜喝凉水的份儿了，他还能怎么着啊?!

魏青山：（头突然地从桶里拔出来，喘着气说。）不活出个样儿来，我宁可死……（还要往桶里扎，两人给拉住。）我今儿个让人打了，我没脸活人了！

富小莲：想开点，想开点。天底下，没有过不去的坎！

贵　宝：……甭劝！男人要是这么哭，一多半为女人！（魏青山听了一愣，停下。）若论要脸，我祖卜是金戈铁马耍大刀的固山，可如今混得卖黄土了，怎么着?！依着你，我死一百回都不多！

魏青山：……我不是想死，我，我要出人头地！

贵　宝：别，快别，想那么多，压

得慌！

富小莲：来，坐会儿，先坐会儿！

贵　宝：话说回来了，我今儿个也不高兴……头一天上台彩唱，半段没唱完，让人起哄给轰下来了。

富小莲：……今天是我们富家被抄的祭日……三个人都不顺…要不谁大半夜往这井沿上跑啊？

【三人静下来。】

魏青山：……该说这是缘分……刚才巡街的话你们都听着了吧？

富小莲：唉……

魏青山：神机营的靶场要改市场了。

贵　宝：大清国把火枪掖裤裆里了。

魏青山：两位兄弟，这可是个机会。

贵　宝：您不想死了？

魏青山：咱就着这井沿上的缘分，拜了把子搭个伙去市场做买卖成不成？

贵　宝：卖什么呀？

富小莲：我就是给人代写书信，没卖过东西！

贵　宝：现今我卖黄土。

魏青山：我一直做着小买卖，有货底子，针头线脑小百货，翠花什么的都有。

贵　宝：你是卖翠花的啊？今儿听说东城的一个卖翠花的和人家姨太太不干不净，让人给揍了，是你吗？

魏青山：（不接话）咱就着井里的凉水，把兄弟给论下了。

富小莲：我行大。

魏青山：我排二。

贵　宝：我最小。

魏青山：打明儿个开始，咱兄弟三人一切重新来过。

贵　宝：我就这点钱，算个股，交给你了。

魏青山：才三块。

贵　宝：这要不接着，明儿个还就没了。

魏青山：算一成吧，老大您呢？

富小莲：我有四块。

贵　宝：不在钱多，在心齐，明儿个只要把买卖开出来，就算咱今儿兄弟没白论。

魏青山：你们俩的钱少，两人算三成吧，我有货，有排子车，有铺板，我一人占七成。怎么样？

贵　宝：哎，哥们兄弟别分那么细啊！

富小莲：分细了好，长远。兄弟同心，其利断金。就这么着吧。

魏青山：那今晚都去我那儿，备好了货，明儿个一早奔市场。

【三人动身。

贵　宝：这凉水喝的，还真要做买卖了啊？

富小莲：话赶话，事赶事，人生如道上的大车隆隆而行，不知哪块小石头子儿一硌，就改了道了。

话音落，从井中喷出一束光来，天幕上映象——1903年东安市场开市时的情景，当时的摊商买卖，人来人往的样子。黑白老影像。（一定要与前边的现代天幕影像形成鲜明对比。）

【三人暗下。

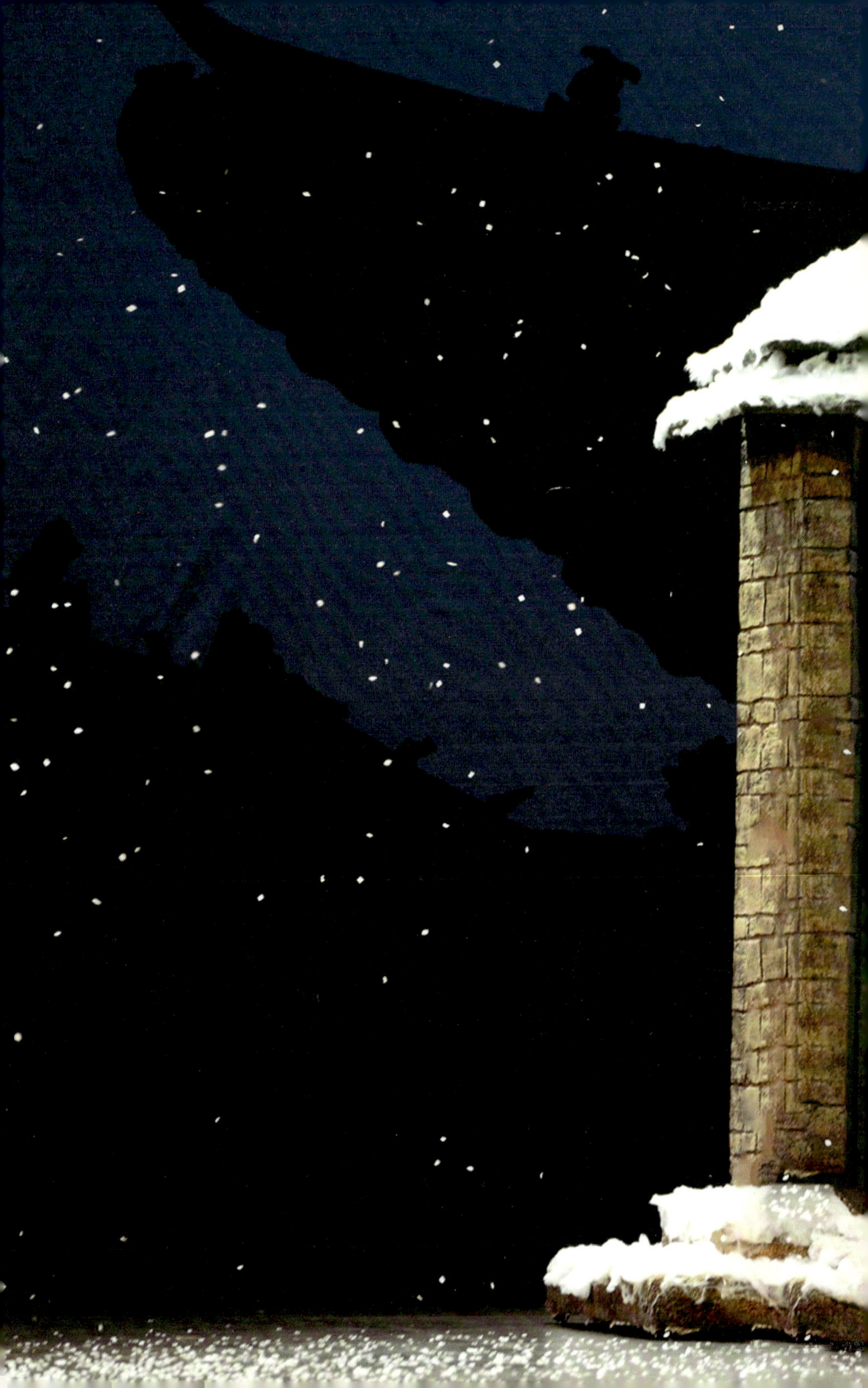

断念 第二场

安身立命也算是志气。

【老东安市场的样子。叫卖声，各种人语声。

【为了更加写意些，舞台上只有买货的顾客，拥来挤去地走着，所有各种的声音都是问价的，还价的，问质量的，不要有一个卖东西的摊贩出现（为了突出等会儿上来的三个人摊儿），全是顾客，要有一种写意的顾客盈门的感觉。（以下对白是讨价还价，但都是顾客对着观众说，或者前五个一块说。）

顾客甲：您这皮袍子贵了……什么，新的？您留着吧。

顾客卯：您是东华门搬出来的坐商？都说是东华门的坐商，谁信啊?!

顾客乙：我不跟你说那么多，一块八，不卖我走……还是的，挣钱都不容易，有利就甩吧！

顾客丙（南方口音）：这个地方什么都能卖出去啊？我刚转一圈你都把货卖完了，你一定给我再找一双回来，不然我今天白跑了。

顾客丁：有旧的吗？新的旧，旧的新。能穿就成，得，就是它，谢您给我省钱了……

顾客午：早先的京城露天摺地就没有天天开的买卖，都是赶集，庙会，这可好，东安市场大露天，天天开张……（拿着可口可乐）这是洋货可口可乐，北京城就这儿卖，别家没有（喝了一口）……呸！怎么像咳嗽药水呵……洋人爱喝这个呵，怪可怜见的！

【刘掌柜前引,两个扑户跟着佟四爷上。

刘掌柜：佟爷！佟爷！您可不能撤资,你看看这不买卖开起来了嘛！

佟四爷：买卖？这也叫买卖？！别抽我大嘴巴子了,回头满城的人传出来说我佟四儿,在地摊上领东撂地卖货,我这脸它往哪儿搁？

刘掌柜：可我按月的息钱不少您的啊？

佟四爷：我不在乎钱,我要脸。

刘掌柜：他东华门不让开铺子,也不是咱的主意,要么好好的谁来撂地啊？

佟四爷：刘三,我不跟你费唾沫,连本带息,三天之内钱准备齐了。我要另作他用。

刘掌柜：爷,我周转不开呢！

佟四爷：我不管,（一昂头）到时别让我们爷们儿亮身子板……（两个扑户,"哗"地把上衣一脱,绷肌肉身板。)

【佟四爷说完了,带扑户下。

刘掌柜:这算哪么回子事呢?!没看见买卖开着正好呢吗?地摊怎么了,说不定明天还盖大楼呢。

【正说着话,魏青山、富小莲、贵宝三个人推着排子车上来了,这时的三个人跟序幕中的样儿完全不同,贵宝短打,撑着个旗人的范儿,走在前。魏青山利索短打,后边推车跟着,富小莲长衫,人清瘦,扶着车。

贵　宝:真热闹,是东西就有人买!你说他洋人怎么这么不开眼,这打枪的圈儿里也来转啊。

富小莲:这不是离着东交民巷近吗?

魏青山:(着急)别说旁的了,摊儿再摆不出去,这一上午可就过去了。

富小莲：（对刘掌柜）这位爷，您边上这块地儿没人吧？

刘掌柜：干什么呀？

魏青山：我们支摊子卖货。

刘掌柜：卖什么呀？

魏青山：百货。

刘掌柜：不成。

贵　宝：凭什么？

刘掌柜：搅我买卖！

魏青山：您卖什么？

刘掌柜：百货。

富小莲：掌柜的，那不更好吗？卖百货的扎堆了，人家就不往别处去了！

刘掌柜：扎堆？你也配！！

贵　宝：怎么着？不让摆是吧？大爷、二爷咱哪儿也不去了，卸货，摆上。

刘掌柜：跟你们说，赶紧另找别处，我这买卖可不是一般二般的人开的。

魏青山：说出来能吓死人吗？

刘掌柜：这可是佟贝子领的东！

贵　宝：嚯！我当什么大头面呢！不就是辟才胡同的臭四儿佟吗？跟你说早年间他做过我们郭络罗氏的包衣。有什么了不起的，不提他还好，提他更得摆这儿了……摆，都他妈的什么时候了，还拿贝子说事！

【三人支摊。

刘掌柜：好。这话是你说的，找给你们找人去！（气下场）

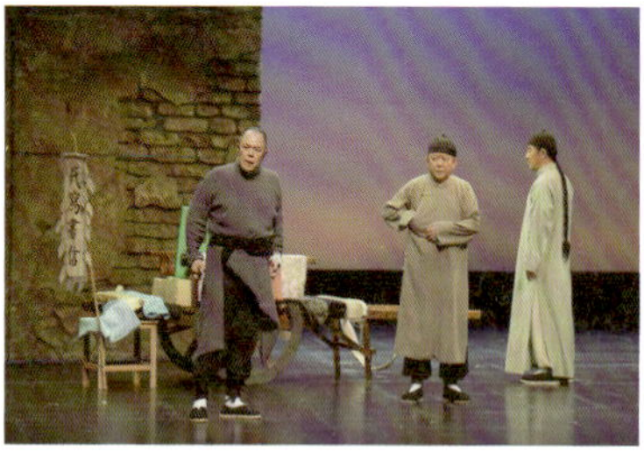

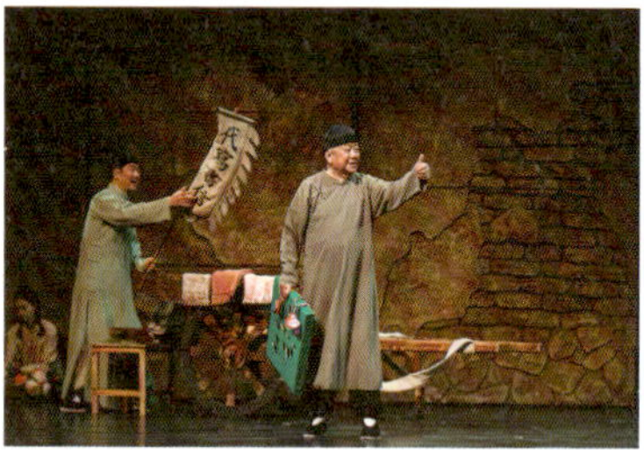

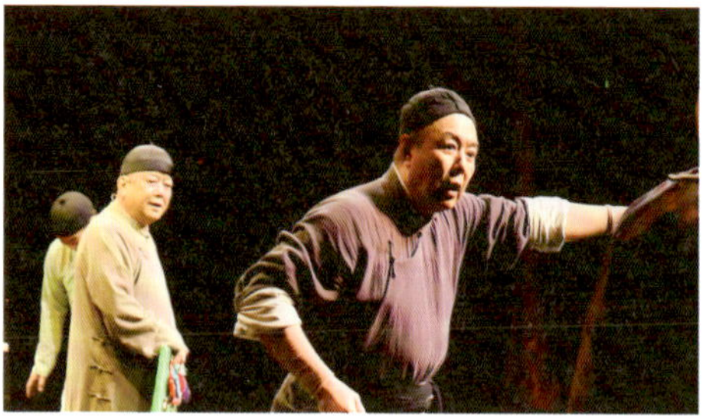

贵　宝：找吧，把你那臭鸡子脑袋磕散了黄了，看能找什么人来！摆！

【刘掌柜的气走了，三人摆摊。

魏青山、富小莲赶着把摊支上了！

富小莲支了摊，把那个代写书信的幡儿也给挑了起来。

魏青山：富哥，您还要代着写信啊！

富小莲：咱们仨守一个摊，怕是有闲的时候，我代着给人写个信，也算个营生。

贵　宝：老大你可真闲不着！

魏青山：那挣了钱怎么算呵？

富小莲：入大账，还按青山七，贵宝、我一人一成半算。

魏青山：那你不亏了吗？

富小莲：没本的生意，不亏。

魏青山：做生意这么想可没志气！

富小莲：青山，安身立命也算是志气。

贵　宝：青山啊！

魏青山：你得叫我哥！

贵　宝：不是小莲大嘛！

魏青山：我行二。

贵　宝：得，青山哥，给我先支两吊，听说东边开了个说唱场子，我喝口茶去。

魏青山：还没开张呢，哪儿有钱给你喝茶啊！

贵　宝：这摊子支起来了，早晚不得开张吗？怎么着这地儿开出买卖来，可是我贵宝拨的闯儿！我这会儿渴了喝口茶去，多吗？！

魏青山：没钱！

贵　宝：……我不白拿，记账上。

魏青山：没钱哪儿有账啊。

富小莲：（忙着掏钱）……我给，我给。

魏青山：老大，这钱可……

富小莲：不在大账内，我出的……贵宝兄弟不容易，喝茶去吧。

【说着话，给贵宝钱。

【贵宝接了钱，迈台步刚要下。

【刘掌柜带佟四爷和两个扑户风风火火地上来了。

佟四爷：刘掌柜，你可别生事儿不想退爷我本钱。北京城官的民的铲不了的事都找我佟四儿，今儿怎么着，提我名不好使了。谁?！（起范儿）谁啊?！谁雇过我们佟家祖上当过包衣！说出来爷我听听！

贵　宝：我！（刚应完，看着佟四爷领着两个扑户过来了！）

【贵宝一看不好，拉过富小莲一挡要走。

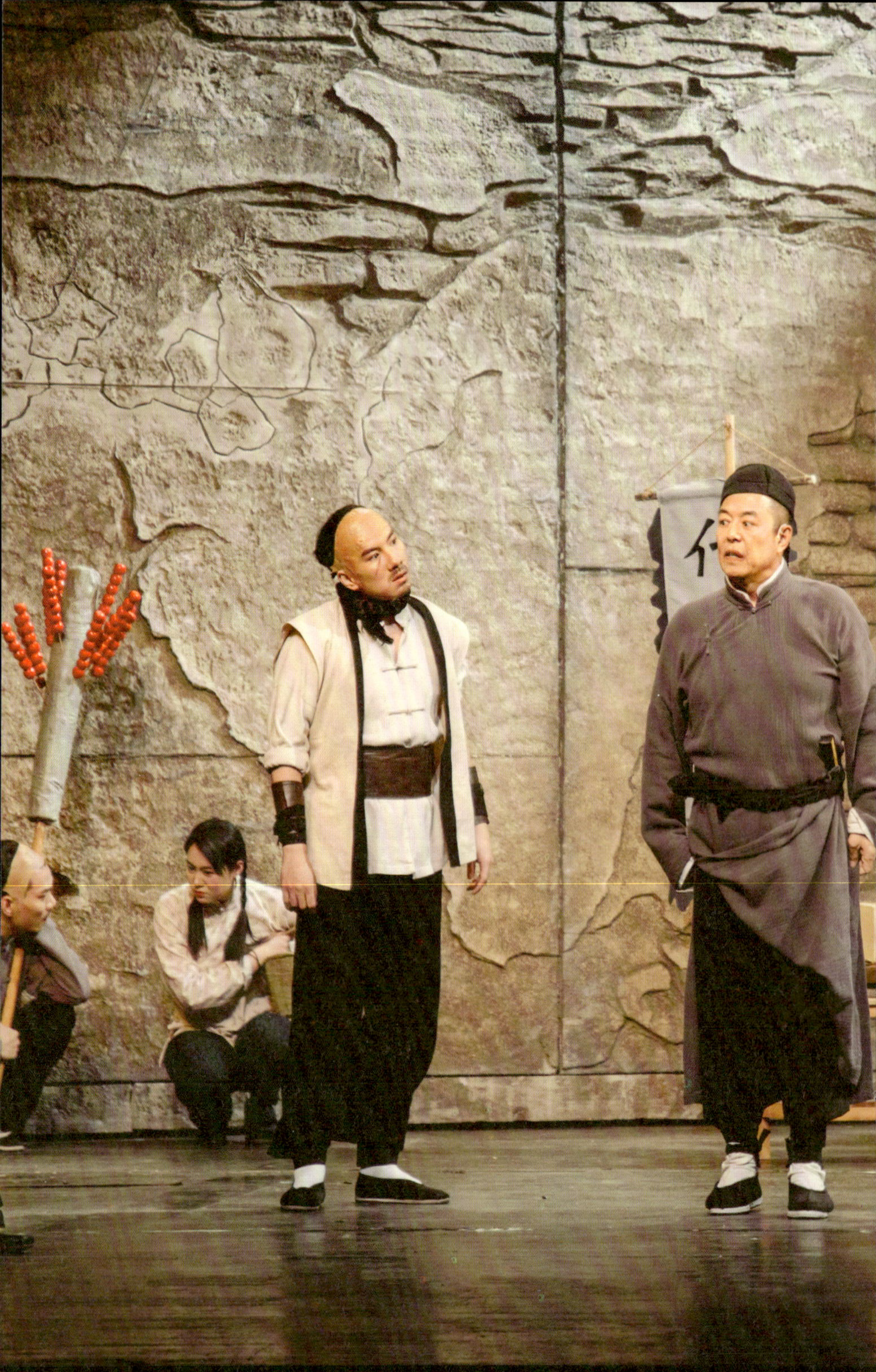

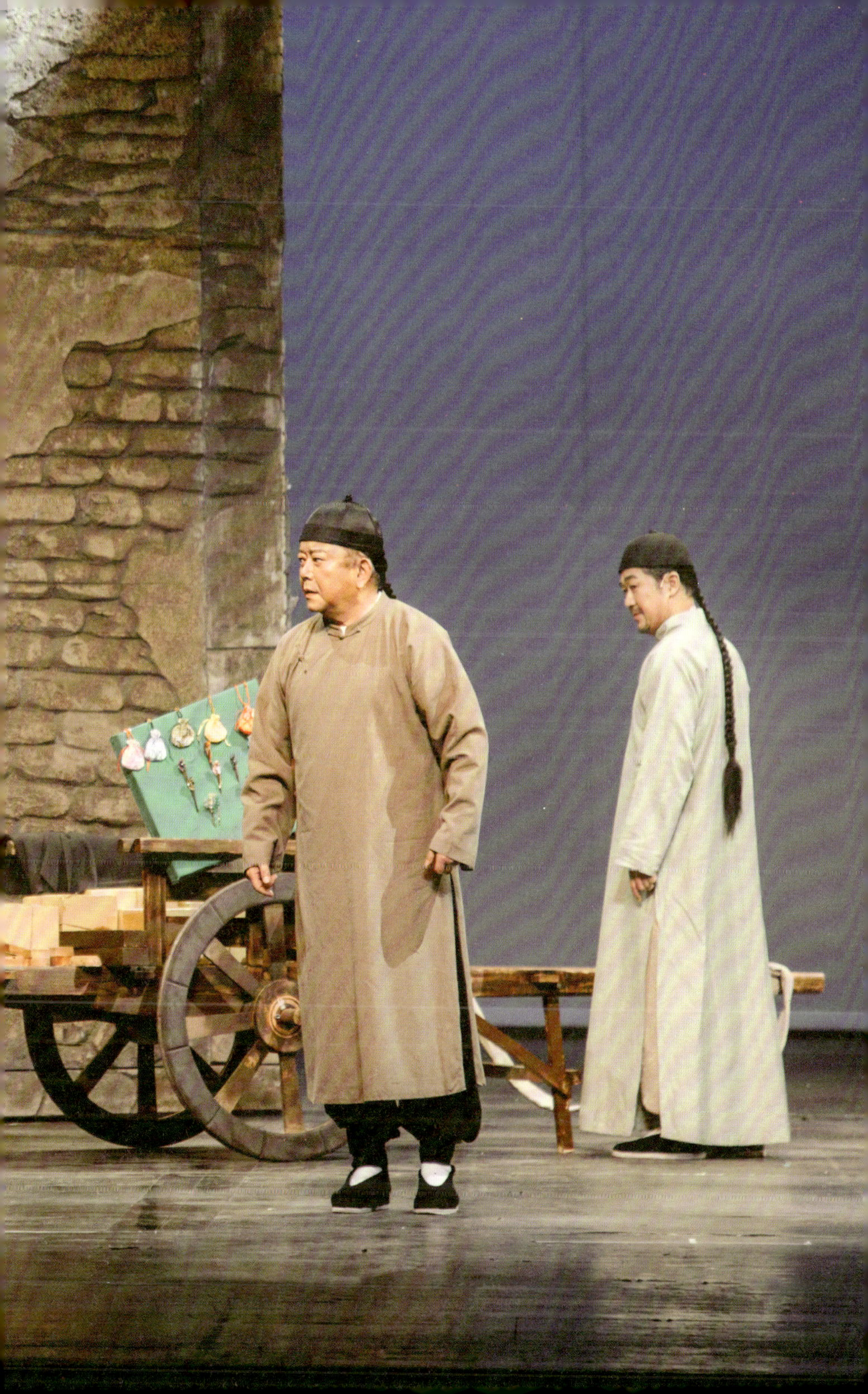

【两个扑户,横着膀子一下拦住了。

佟四爷:好!你个马牙臭街痞,走近了我看看。

贵　宝:(一看躲不了了,一下换了笑脸出来)佟爷,郭络罗氏贵宝给您请安!

佟四爷:贵宝?!

贵　宝:贵宝。

佟四爷:原来草料房,郭老头的三孙子贵宝?

贵　宝:哎,三孙子贵宝。

佟四爷:你说我们家给你们当过包衣。

贵　宝:他听错了,是我们家给您当过包衣……

刘掌柜:他就是那么说的!

佟四爷:看着大清国不成了是吧?都反了天了呵?!跟你说,刘三这摊上的买卖跟爷我原本没关系!可你说的话伤了爷我的面子,我今儿个说什么也不能饶了你!

魏青山:这位爷,我兄弟他不懂事,这块大洋您拿着喝茶。

佟四爷:打!

【两个扑户上来就打。

佟四爷:砸摊子!

魏青山:爷,货不是他的,不是他的货,您不能砸,不能砸!

佟四爷:砸,砸成末子,让他拿筛子筛走!

魏青山:货不是他的,不是他的,哎,哎!这是开的什么买卖啊!

【正打得贵宝倒地被人踩着脑袋,摊子也砸了,一直没说话的富小莲喊了一声……

富小莲:……佟四!

佟四爷:谁!又是谁?

富小莲：……佟四……爷，您手下留情！

佟四爷：谁啊！谁，谁，你谁啊？

富小莲：富小莲！

佟四爷：小莲，哎哟！富觉罗啊！是富觉罗吧？哟，可不是吗？多少年不见，在这儿撞上了。我们佟家几辈都不能忘了富家的恩德。得，行个老礼吧！觉罗爷，您吉祥。

富小莲：快别了……身份不对了！

佟四爷：不能那么说，水大漫不过船去，当年乾隆爷在噶尔丹打仗，没有您祖上带兵驰援，我们老祖儿就战死疆场马革裹尸了！

贵　宝：（还躺在地上，头让人踩着。）哎，爷，都认识都认识，您把脚松了吧！

佟四爷：（不看，喊一声）松脚。

两扑户把脚松了，贵宝坐起。

富小莲：不提那些了，佟四爷。

佟四爷：您叫我佟四，佟四。

富小莲：您这么风光，今天不是因为朋友的事，我不该认您。

佟四爷：这是什么话啊。您不认我成，我不认富家人不成！

魏青山：（拿着折断了的铺板）这买卖还怎么开啊？！

佟四爷：觉罗爷这摊子有您的份子呵。

富小莲：是我们哥儿仨的。

佟四爷：您看看北京城有多大啊，这么一大点事，碰俩熟人。要么说近些日子架总是打不起来呢。来来，给富觉罗行个礼，行礼（两扑户行礼）小莲，咱多久没见了？

富小莲：抄家的那年我十三岁，这会儿我二十三了。

佟四爷：看这是怎么话儿说的，当年觉罗府，多大的一座院子呵，说抄就抄了。之后咱还见过一面吧？

富小莲：您给我送过十两银子。

佟四爷：哟，那我可记不起来了。

魏青山：货也全打烂了。

……

佟四爷：（不爱听）这位兄弟您别叨叨了，刚不是不认识吗？今儿的货，坏的没坏的，都归我啊……报个数回头给你送钱来！刘三你也都听见了，我们两家有几辈的情分。甭说在你边儿上摆个摊儿了，占你的买卖我都不管（突然很张扬地）我佟四可不能让人指鼻子说佟家人忘恩负义！

【富小莲不说话。

两个扑户给喊好：爷仗义！

贵　宝：我牙掉了！

佟四爷：你活该！富觉罗，我不是冲您呵，他一个包衣的后人，满世界吹牛说瞎话捎带儿我的脸面，该打。

两扑户：打得好！

佟四爷：那就这么着吧，钱我一定送到，摊儿你们尽管摆上，我先告退了。走着！

两扑户：走啊！

【佟四带着人威风下，众人看着。

萬盛和

第三场 断舍

情分不能把产业拘着了。

【七年后。

【还是这场地,可已经盖起门脸儿来了。

【万盛和的字号,有气派,旁边富小莲代写书信的小幌子还挂着。

【贵宝长袍马褂,专注地学着唱戏人手指转扇子上来,很帅地打开扇子扇风……看着大门脸儿。

贵　宝：……心里话，每走到这铺子跟前，抬眼看着金字招牌，我都不敢相信，这买卖是我开的，一转眼七年了！

魏青山从台右上，下洋车，穿着奢华，听见了贵宝的话。

魏青山：不单你不信，谁都不信！

贵　宝：哎，这买卖可有我……

魏青山：是有你的股。

贵　宝：那我这话有错吗?！

魏青山：就那么一丁点了……

贵　宝：再少我也是东家呵！

魏青山：贵宝，以后自己都不信的事，别上外边跟人说去，万盛和是我的买卖，当着亲戚朋友这么说说也就罢了，下场子票戏也这么说，你不怕砸万盛和的牌子，我怕！砸了牌子，咱谁都甭吃饭。

贵　宝：这有什么呀？这有什么呀？！我下场子唱戏，说这话不就是为了圆黏子吗？嚯！瞧哎，万盛和的大老板来票戏了，这多有哏啊，这有什么呵？

魏青山：下九流！有什么？万盛和卖的是英国的呢子，德国的哔叽，法兰西的乔其纱……老板是个撂地票戏的，谁还来买货，跟你说别不爱听，再撂地时，"万盛和"三个字一个都别往外带。

【魏青山说完了话，理都不理他，有瞭高的接过皮包，掸着他身上的土迎了进去……

【富小莲搬着张桌子出来放在小棚子旁边，他的棚门口有个代写书信的小门面……

富小莲：不说，不说了啊，以后贵宝不说这多余的话了。

贵　宝：凭什么？！跟您说这买卖怎么开的别忘了……（瞭高的出来，看着他。）这块地怎么打下来的,老冯,你不知道吧,我跟你学学啊……就那天哎,我们爷仨拉个排子车进来,没人给咱们爷们儿让地皮!反了他了?!是我吧,富哥您做个证,是我吧?!

富小莲:是!

贵　宝:嘿,我拿手一划拉,就跟当年咱顺治爷进京跑马圈地一个样,这地,就现在万盛和这块,我的了。旁的人都他妈的给我出去,出去!

瞭高冯:贵爷您真有本事……

贵　宝:不是胡说啊,当时富哥在场啊。

瞭高冯:富东家,贵爷说的是吗?

富小莲:是!是。

贵　宝:……你猜怎么着,刘三儿可不是吃素的,他把臭四佟给叫来了,带着俩脯子外翻的扑户。怎么着?要打啊!来吧!一上手,嚯,我这大小得合勒,外加小别子,都使出去了，啪啪转眼之间，地上俩大脑袋扑哧扑哧喘粗气呢！把地上的土吹起一尺多高来，我说，嘿，怎么着？大清国不行，扑户也不行了。我接着一蹦，来了一招迎风十八踩，俩脑袋就被我踩脚底下了，那胖脸一下子就扭了麻花了。

瞭高冯：贵爷，您俩脚踩俩脑袋，能站住吗？

贵　宝：有功夫啊，怎么呢？！你问富哥，是不是？！

富小莲：呵，是。

瞭高冯：贵爷，可我怎么听人说，是你脑袋让人踩着呢！

贵　宝：呸！谁说的，听魏青山说的吧？

【魏青山从门面里出来……一看魏出来，贵宝不吹了！

魏青山：老冯！瑞王府要的香云纱，快着给送样儿去。

瞭高冯：哎，爷我这就办。

魏青山：等等，往后没事甭在铺子门口聊闲篇，不像个营生……（砰砰掸土。）

瞭高冯：是。

【贵宝假装没听见，往富小莲那儿靠。

贵　宝：富哥，天底下我就佩服您。

富小莲：为什么呢？

贵　宝：您不像买卖人……

富小莲：买卖人有什么不好的，无商不通，哪朝哪代也离不开商人……

贵　宝：钱看得太重！

富小莲：要是都没了利了，这市场也红火不起来……吃早点了吗？

贵　宝：刚吊了嗓回来！

富小莲：我给你沏碗面茶……（说着沏）功练得怎么样了？

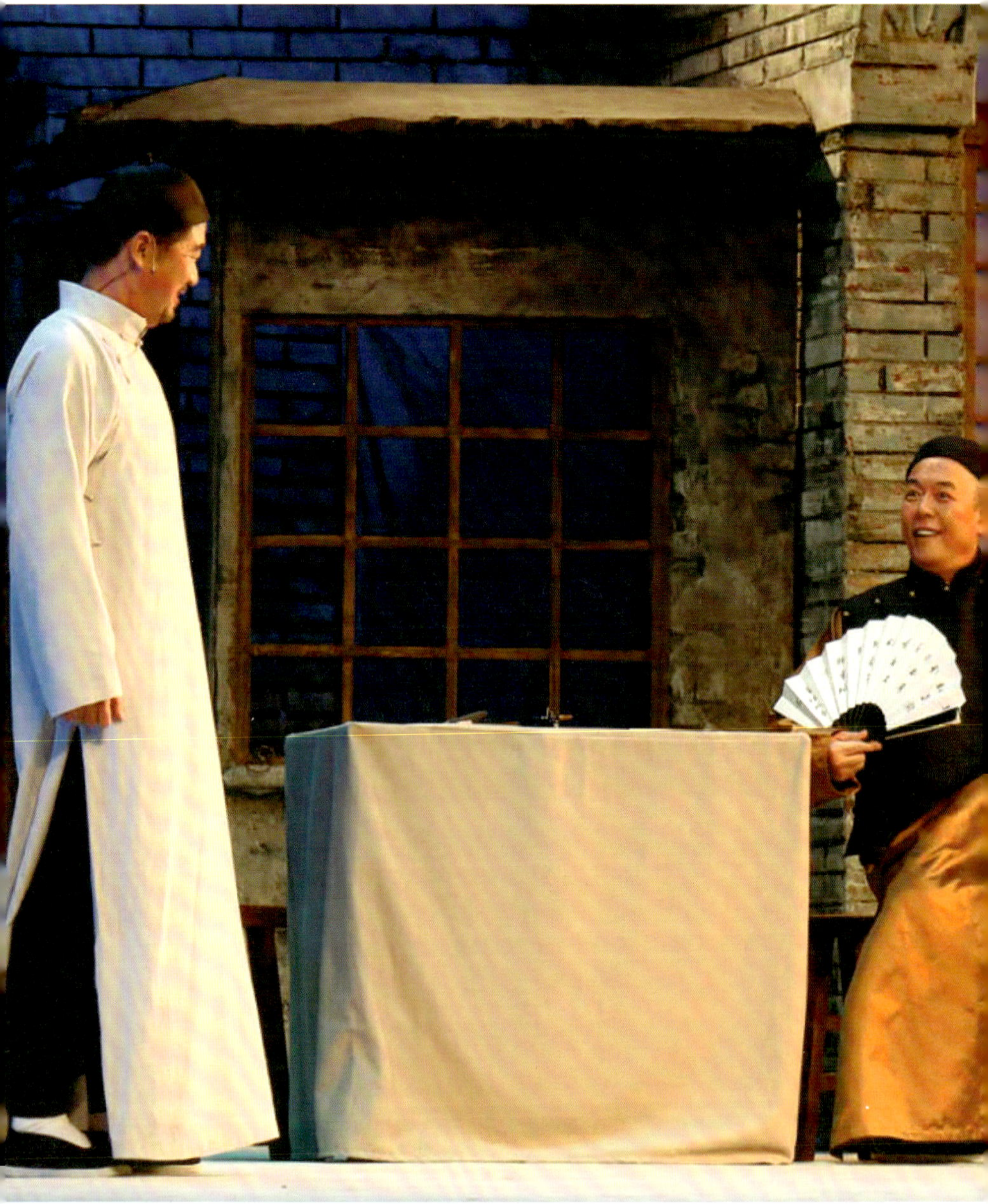

贵　宝：今儿练的是嘎调，我来两句，您给我说说啊。

【两句京剧嘎调……】

富小莲：（边不停手地干着活，边听着）好！谭家门的味儿，快该去电台了。

贵　宝：是呵！富哥，这辈子我没别的想头，就等着成角儿的那天呢。回头我请您吃……您想吃什么吃什么啊。

魏青山：（拿着个账本出来，自语般地对着观众说）伙着开买卖，就跟冤家往一块聚似的，有加柴的，就有泼凉水的，心性都不一样……不是我撑着，这万盛和它能盖起楼来？都说人活着不是给别人看的，我可不一样，我活着没人高看我一眼，活个什么劲！(说完了往里边走。)

【秀儿挎了个包袱上场。怯怯的、怨怨的、淳朴，但能看出很漂亮。

贵宝第一眼就看见了……悠忽就打了个激灵……

贵　宝：老冯，有客人！

富小莲：老冯送布样去了，你给往里让让吧！

贵　宝：我……不跟女的说话，我一跟女的说话脸红。

富小莲：(赶着过来了)这位姑娘您好，需要点什么，您里边请吧！

秀　儿：……我不买东西。

富小莲：看看也成。

秀　儿：……我也不看。

贵　宝：嗐，那上市场干吗来了……

秀　儿：大哥，听人说这儿有人代写书信？

贵　宝：找对了，富哥，买卖来了！

秀　儿：可我身上没钱！

贵　宝：得，是个瞎买卖。

富小莲：没关系，姑娘来坐，有什么话，往哪儿寄，我给你写。

贵　宝：（对观众说）我这富哥就是人好……好得有点，让我觉着呵……太过了点。哥，面茶！

富小莲：（给端了过来）您趁热吧！

【贵宝去一边喝着面茶，心一直惦记着这边。

【秀儿慢慢坐下。

秀　　儿：……大哥……我真没钱。

富小莲：咱不说钱，说事儿。

秀　　儿：那？

富小莲：你说吧，我写。

秀　　儿：……妈。（刚一说就哭了，抹泪。）

【富小莲赶紧端了碗水给放下来。

富小莲：姑娘不急，慢慢说。

秀　　儿：（静了静心）妈……我是秀儿，您的病可好一点了？我离了家心里一时一刻也放不下您呢……妈，您可甭为我着急，您放心，我好着呢！进了城有吃有喝，钱也没花完……大哥，这话是跟我妈说的，我是真没钱了。

富小莲：不说钱的事，写信。

秀　　儿：（说完又抹泪。）妈，您给我那个地址许是不对，人没找着，我在那条街上找来找去，没有一个姓崔的，京城太大了，人怕是找不着了。

……妈，我想回家了。您的病我不放心，您千万得吃药，药钱您先赊着，回家了我就能还上了。

（说着说着说真话了）妈……京城可真冷，晚上我在墙根背风的地方蹲着，就是盼着天亮。妈！我要没找见他，回去可怎么办……妈，我知道您的心，您是想让我躲出来，家里的事，不让我担着了，让我投活路去，家里的事是死是活您一人顶了。妈哎，女儿怎么能这样啊！您让我这么活着不如让我跟着您走了呢，好歹的咱娘俩生死不分开。（贵宝听了这些，感动了）

不说这些了，妈！……我挺好……您把崔家的地址问详细了，寄过来，我再找找，我等着您的信呵。

【说完愣着。

【那边贵宝面茶喝不下去了,哇的一声,哭了……

贵　宝:这算是哪一出啊,这是哪一出啊!(擤涕。)大早上招我哭一鼻子。

【富小莲一直平静地书写罢了。

富小莲:姑娘,信说完整了?

秀　儿:完整了。

富小莲:姑娘,你叫秀儿。

秀　儿:大哥,您认得我?!

富小莲:我不认识。刚你信里说了叫秀儿。我就叫你秀儿了。

秀　儿:我是秀儿。

富小莲:秀儿姑娘,这信……

秀　儿:(收了泪)这信您可不能这么写!

富小莲:……

秀　儿：我妈要是知道了得急死……我这是好几天没同人说话了，说着说着就把心里话说实了……大哥，烦您重写一封吧。

富小莲：我写了……读给您听听，看成不成！

秀　儿：哎，您读吧！

富小莲："母亲大人，见字如面，我在京城一切都好……只是崔……"姑娘，他是你什么人？

秀　儿：(不好意思说) 从小说下的……

富小莲：娃娃亲？

秀　儿：哎！

富小莲：那我就这么写了："只是崔家哥哥没找着，一时想回，又觉事未办成，回去也不妥。想想，您再去崔家将地址问翔实了，回封信给我。您一定记着吃药。钱的事，我回家就有办法了。您多保重。女儿秀儿……"

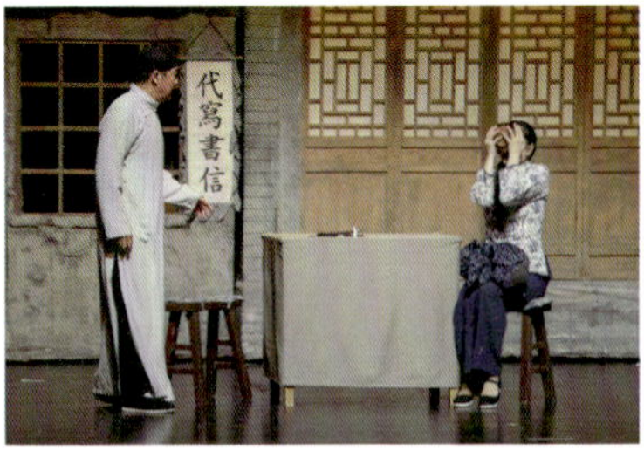
代寫書信

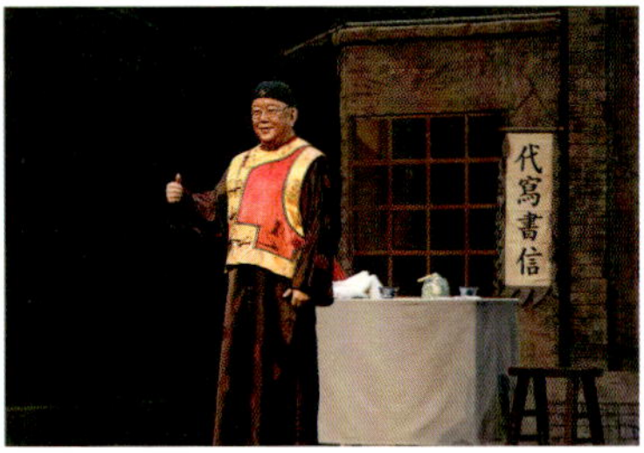
代寫書信

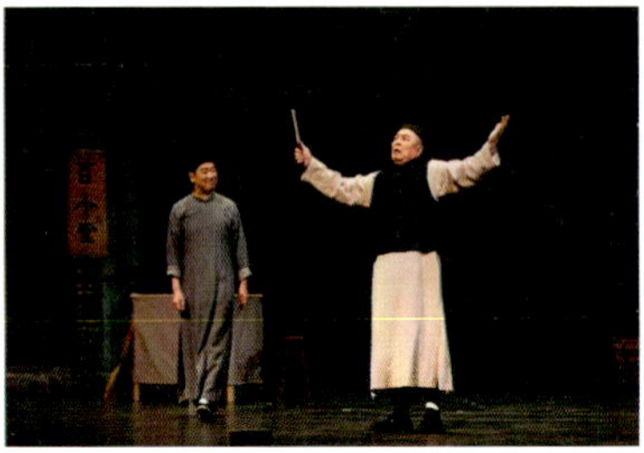

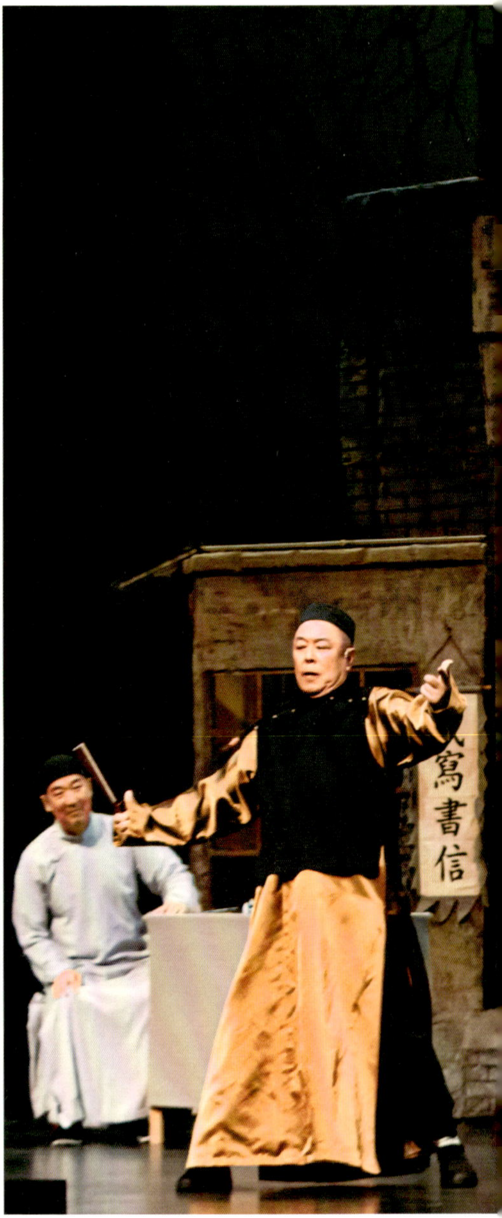
寫書信

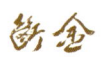

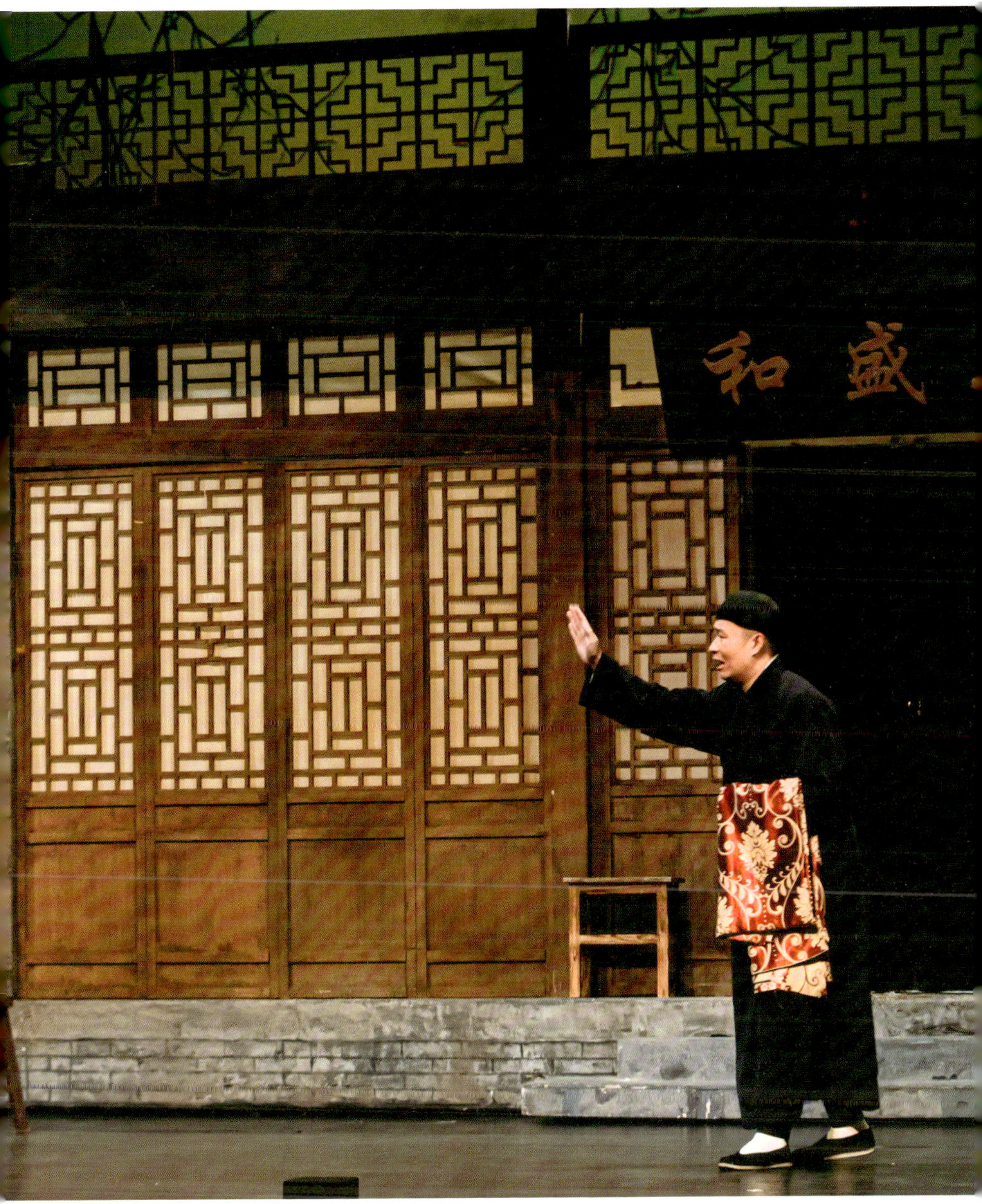
和盛

贵　宝：一写成字，怎么就这么生啊，寡淡了！

富小莲：出门在外跟老家儿不能说实话，你一出了家门，她就天天地惦念着呢，得报喜不报忧。

秀　儿：……是，要不两边都揪心……

贵　宝：这大早上心揪的，眼泪就着面茶喝了。

秀　儿：俺妈回信寄哪儿啊，大哥？

【贵宝突然站起来，看着是真伤心了……

贵　宝：就写我那儿吧。

秀　儿：……

贵　宝：姑娘，您别怕，我和富哥是拜把子兄弟，瞧见这买卖了吗，我们开的。

秀　儿：那还帮着给人写信啊？

贵　宝：他好这口儿，不给人家写信，哪儿听这些

个苦事儿啊……（伤心）

秀　　儿：大哥，我谢谢您……

富小莲：不用谢。

贵　　宝：你说那姓崔的是河北人吧？

秀　　儿：对，雄县的……

贵　　宝：那就对了，我认识一位，灵境胡同……眼睛挺大的，国字脸，有个三脚猫的功夫，走路有点晃肩膀……

秀　　儿：小时见过一回，再没见过。

贵　　宝：再见了面怕是都不认得了。

秀　　儿：……嗯！

贵　　宝：得，信先别寄了，你要信得着我，跟我走，我给你把人找着后，人对了，一切不说，人不对，你再寄信不迟！

【富小莲看着贵宝这一套出来,有点觉得怪异,生分。

秀　儿:大哥,我谢谢您,我今天算是碰着贵人了。

贵　宝:我就是姓贵。是不是贵人走着看吧。

秀　儿:谢谢两位哥哥。

贵　宝:先甭谢。事了了再说……你就这么一个包袱?

秀　儿:衣裳和干粮都在里边呢……您吃不?

贵　宝:不吃,走吧!富哥,我带她找人去了!

【富小莲有点发愣,不知说什么好了。
【秀儿在贵宝一通话下,真要跟着他走时,有点犹豫似的,回头看着富小莲。富小莲也正看着她。

富小莲:……贵宝,那姓崔的,你真认识?

贵　宝:富哥,您还信不过我吗?!

富小莲:……那倒不是,我是想这姑娘,秀儿她是在咱这儿写的信，咱不能对不起人家！

贵　宝：您要这么说，这事我不管了！

秀　儿：（又求贵宝）……大哥。

富小莲：……算我没说，算我没说……找不着人，你让姑娘住哪儿？

贵　宝：我二姑家能安排。

富小莲：我再多说一句，秀儿，你把老家的地址告我……

秀　儿：河北雄县李庄头，妈叫李袁氏。

富小莲：我记下了，记下了……你们走吧！

贵　宝：秀儿，上了街，我在前边走，你别跟得太近，让人看着不讲究。

秀　儿：哎！我相跟着……大哥，那人您真的认识？

贵　宝：错不了，走吧。

【两人走了……

【富小莲看着人走了，呆坐着，有点发愣……

【洪姨太坐洋车上。

【车住，人下车。魏青山马上从铺子里迎了出来。

魏青山：哟，洪太太，您来了！

洪姨太：（小声）您出来得倒巧。

魏青山：您身上有光，您一来这招牌都亮了。

洪姨太：哟，身上有光那我不成了妖精了？看你说的。

魏青山：快着吧，里边喝茶，（大声）有新到的锦缎，都给您预备下了。请。

洪姨太：（人不动）我不进去……只要我一进店，伙计们的眼珠子一对对儿的，都跟刀子似的往我身上剜。

魏青山：（小声）那站街上说话不是更不方便嘛！

洪姨太：哟，我都不怕，你怕什么啊。

魏青山：我怕洪司令拿枪崩了我，您就屈驾吧……

【洪姨太使眼色，意思说写信的小棚……

【魏青山明白了。

魏青山：富哥，有茶吗？

富小莲：哎……有！

魏青山：倒两杯，我跟洪太太在棚里说几句要紧的话。

富小莲：（倒了两杯茶）茶不好，您将就着喝吧。

【富小莲知趣地进了铺子，台上就留两个人了……

洪姨太：……你个薄情寡义的东西，放我鸽子是吧，定好了的饭店干吗不去？

魏青山：……姑奶奶，多少眼线啊！回头再揍我一顿，你不心疼啊！

洪姨太：这会儿知道疼了，早知道疼，你别上赶着我啊……跟你说，卖翠花的没一个安好心的。

魏青山：……银票带了吗？

洪姨太：嚯！当我开钱庄啊？没带！

魏青山：没带，您坐着吧，我铺子里照应生意去！

洪姨太：哎哟，你还真拿住我了？……回来！回来！给你。

魏青山：……说好了的，都是为正事，这铺子得扩建，我不白拿你的，这么大的门面有你的股份。

洪姨太：开得挺好的，还扩什么建呵，你这人心就是不安分。

魏青山：我惦记着也把旁边刘三的铺子盘过来，然后再把股东给清清。

洪姨太：清谁啊，你们哥儿仨可都是从摊上摆起来的，清了不合适吧？

魏青山：韩信还是跟着刘邦打天下的呢。顾不了那么

　　　　　多了，早晚有散的那么一天。

洪姨太：你这人呵，我算看明白了，说好了娶我，光说不算！

魏青山：姑奶奶，我没枪啊！不像你爷们有人有枪有队伍，咱俩不是这么藏着躲着，十条命我也没了！

洪姨太：我还得谢你是吧?！跟你说就你这号人，我见了就气！……可是，可是不见了又想……小崔你算拿住了我了。

魏青山：别再叫我老姓了。

洪姨太：你说，好好的改了姓干什么呀？

魏青山：我不改，当年的事，不光彩，再有老家有人来找我。

洪姨太：什么人啊？

魏青山：就别问了。

洪姨太：得了，我不问了……青山，我要走了！

魏青山：好好的去哪儿啊？

洪姨太：孙中山让老袁去南京当总统。

魏青山：那可不行，那达官贵人不就都往南去了吗？京城一变，买卖就不红火了。跟洪司令说说不能走。

洪姨太：有愿走的有不愿走的，老洪不愿走。

魏青山：最好了。

洪姨太：曹大帅这两天开了几次会了，小心着点吧。怕是要乱，真到大事儿上，谁管你买卖不买卖啊，我知道打起江山来，人脑袋当球踢。

魏青山：你就盼着乱吧，真闹起来，买卖人还是买卖人！大清改共和了，不是一样做买卖。

洪姨太：不说这些了，你就不能跟我说点体己的话啊，我这么大老远地赶过来……你们商人就是重利轻别离，一点没错。

魏青山：不是地方……就这个小写信的棚子我也想给拆了……

洪姨太：你富哥怎么办！人家有股份。

魏青山：顾不了那么多了，这才几年啊，整个王府井这条街，我魏青山，谁不得高看我一眼……情分不能把产业拘着了。

洪姨太：我怎么就那么喜欢你这无情无义的样儿啊！青山，跟你说，你要是骗我可千万别告诉我。我这一辈子，受的苦太多了……你要骗就骗我一辈子，我活着算是有个念想，假的也成。

魏青山：我要骗你犯不着花七年的工夫。

洪姨太：说的也是，七年了，你没找旁的娘们，我那点钱就算没白花。

佟四爷、刘掌柜上。

【佟四爷完全落魄了，两个扑户也瘦多了。光着膀子挺着。

佟四爷：这才几年啊，河水倒流了……大清国没了，铁杆庄稼倒了，京城里拿咱不当爷了。刘三，谁要盘你的买卖？说！

刘掌柜：就是这家……

佟四爷：得，交我了……谁啊！

洪姨太：您这儿来人了，我走啊……

魏青山：……洪太太您好走！洪司令那儿您给带个好啊！

洪姨太：一定带到，闲了来家喝茶。

魏青山：谢您！

【魏青山此时可不像原来了……看见佟四爷就跟没看见一样。

佟四爷：我说是谁啊？！

魏青山：问我呢？

佟四爷：过来让我瞧瞧……

魏青山：要瞧，跟前来……刘掌柜，跟你说啊！要么还钱，要么过契约，再要么我立马拿人，你也知道曹大帅手下的几个司令都是我朋友。

佟四爷：我最瞧不起这路暴发户了，瑞五啊！

扑　户：爷！

佟四爷：伸手！

扑　户：爷，中午都没吃饭，手抬不起来了！

佟四爷：你中午没吃饭，爷我也没吃，铲了这档子事，刘三请客……

扑　户：这会儿就饿呢！

佟四爷：那咱怎么着！

扑　户：爷，现在都是拿枪的司令，时势变了，大清没有了！指着亮膀子铲事，铲不动了！

佟四爷：那又怎样？

扑　户：爷，咱们不比当年了！

佟四爷：……不比当年了。人生三碗面最难吃，脸面、情面、场面。这三碗面佟爷我原来吃得最现成，最香，最风光。现而今怎么着？这三碗面咱们爷们儿吃不动了？

扑　户：吃不动了。

佟四爷：事管不了了？

扑　户：管不了了。

佟四爷：刘三，你听见了吧，对不住你了，在京城我们爷们儿算没法混了，走吧！

魏青山：佟爷，等等！我这儿有十块大洋！就近儿，东来顺，您吃涮羊肉去！

佟四爷：魏青山，按理这钱我不能拿，拿着丢人。可我饿了，瑞五哎，接了！

扑户上去接了钱。

佟四爷：谢。

扑　户：谢了！

佟四爷：走。

扑　户：走着！

【富小莲出来在暗处，静静看着……

富小莲：……这才七年吧，时势真变了！

魏青山：现而今佟四让我踩脚底下了……都以为这几年咱没变化，看出来了吧，天翻地覆了。

【刘掌柜呆站着。

魏青山：刘掌柜甭再想了，今儿把账清了，明天过契约。

刘掌柜：……得，我，我认栽了。

魏青山：老冯跟刘掌柜算下账。

老　冯：刘掌柜的您里边请。

【魏青山高兴地走到富小莲写信的桌前，一眼看见了那封信的地址……

魏青山：河北，雄县……这是给谁写的信？

富小莲：刚才的一位姑娘。

【魏青山看着信。

魏青山：人呢？

富小莲：贵宝带走了！

魏青山：他带人走干吗？

富小莲：他说姑娘找的人他认识。

魏青山：他认识个屁！

富小莲：那您认识?

魏青山：……我，我……不认识。(说完往店里走。)

代寫書信

第四场 断舍

趁着今儿太阳好，爷我在这儿晒晒龙!!

【秀儿拎着包袱独自在街上走着。

秀　儿：他带着找的人都不对，他说他认识的那人倒是姓崔，可人一看就不是……他说他二姑家里能让我住下，可他二姑……

【二姑气冲冲上台……贵宝跟着。

二　姑：贵宝，什么杂七麻八的乡下怯妞，你就往我这儿带啊！不是说你发迹了在东安市场开着大买卖呢吗？怎么到现在连间正经的房子都没有啊？玩剩下的姑娘，你往你姑我这儿领……这将来要有个事，让姑替你擦屁股是不？

贵　宝：姑哎！姑哎！千万别，千万别乱说，人家是正经的大姑娘……

二　姑：正经？我可见得多了，都是由正经变不正经的。人都想往高处走，可走不动了都往底下出溜……是吧？（过去看秀儿）哟！人看着可怜可怜见的,叫什么啊?

秀　儿:秀儿。

二　姑:贵宝,人我看了,这人你可不能冒坏水!

贵　宝:姑,我就是看着人怪可怜的,才多事儿了!

秀　儿:大哥,谢谢您,我走了。

二　姑:等等!住我这儿也行,你们俩得一媒二证三聘地下了定,我才能接着……

贵　宝:姑姑哎,(拉开姑姑,小声)我不想结婚,一个人多好呵。再说人家姑娘是来找娃娃亲的,有主儿了!

二　姑:有主儿了,那我就不管了,你要管你管,我不劝你……谁让你动了菩萨心了呢,要管你就管到底啊。

【说完走了,贵宝没办法待着。

秀　儿：……大哥……

贵　宝：快别叫我哥了，你这一叫我心里又忽悠了！

秀　儿：……找得着，找不着，我都谢您。（说完行礼要走）我走了。

贵　宝：等等！你去哪儿？

秀　儿：（伤心）……我……我找人去。

贵　宝：这么大个京城哪儿找去啊……我都找不着，你能找着了？大晚上的你住哪儿？

秀　儿：……不住！（说着又要哭。）

贵　宝：别哭，别哭了，就你这哭让人费心，光费心也好说，得花钱……你说这不是要短吗？我就是今天身上不方便呢。

秀　儿：我不花您的钱，您开着大买卖呢！

贵　宝：那是不错，可大有大的难啊，英雄汉都有被钱憋死的时候……这回真是的，让你赶上了……这么晚了,一时我也没地方拆兑去啊。

【两人边说边走着,又来到了富小莲写信的小棚子。

贵　宝:得,又走回来了!秀儿,这是富哥写信的小铺子,我把门给你打开,(知道钥匙在哪儿)富哥心疼我,怕我哪天没地方住了,单给我配了把钥匙,我给掖墙缝里了。(够着钥匙开门)进去吧,咱们凑合蹲一宿,明天天一亮,就有法子了……

秀　儿:咱们……一宿?

贵　宝:这么冷的天儿,你不能让我在外边待着吧。

秀　儿:那我在外边待着……贵宝哥,你是好人,我还是大姑娘呢,你不能动旁的心思!

贵　宝:我没有!除了恻隐之心,旁的心还没动呢。要不是你把我招哭了,我费这个事?跟你说,我原来跟女的说话都脸红。

秀　儿:……贵宝哥,咱走了一天了!

贵　宝：对，走了一天了。

秀　儿：什么都没吃！

贵　宝：你就别再提这个了，我今天不是不方便吗？

秀　儿：（从包袱往外掏东西）我这儿有干粮……给。

贵　宝：……瞧，还得吃你的，我都伸不出手去。（话是那么说，伸手接了，边吃边拉门让秀儿进屋）进去吧……（把棚子外的小桌移开了）把门别上吧，踏实睡会儿……我在这桌子底下避避露水……

秀　儿：那儿冷！

贵　宝：别担心，我这辈子，身上从来没今天这么热过……就这会儿，热得自己快不认识自己了……（钻进桌下）心里话，眼泪害人，眼泪一涌，吧嗒吧嗒往下掉……凡心……动了……凡心（睡）。

【暗转。

【天亮了，还是万盛和门口。

【魏青山正热闹地指挥人挂彩绸子……

【那桌子是那种围着布的桌子，所以贵宝在底下旁人看不见……

【商会会长到，中人保人到。

【刘掌柜灰溜溜地跟上。

魏青山：苏会长，您来了，谢您大驾……谢您大驾，陈爷您受累……您受累。

刘掌柜：（看着阵势）……不就过个契吗？魏青山，你弄这么隆重是为往你脸上贴金，往我脸上抹屎对吧?!

魏青山：你这么想，我不拦着。

刘掌柜：跟你说，这契我想过就过，不想过还就不过了。

魏青山：那我做不了你的主，可有一点，不过成，现在就还钱。

刘掌柜：当初不是我让出这块地儿，你这买卖能开到现在？

魏青山：别说那个，你有本事把买卖做好了。

刘掌柜：抹屎我不干！

苏会长：（打圆场）好了。抹屎也好，贴金也罢，该怎么办……怎么办！

刘掌柜：苏会长，您知道从这儿往前，东安市场三百来家商铺可有我一号……

苏会长：有！我记着呢，可七年下来人家成龙，你成虫了，打今儿起你得认栽……

刘掌柜：您也这么说，好，我……我认！不说了，几位爷，快着点签字画押吧！别再往我这苦脸上画花活儿了……

苏会长：青山啊！快着吧！

魏青山：都准备齐了，老冯搭香案，备纸墨签字画押了！

【下面是喊铺子门开。鞭炮声声。

老　冯：万盛和、祥得利转让画押仪式开始。（伙计们从铺子里鱼贯而出，一色的青衫瓜皮帽……条案搭出，纸笔墨砚出来……）

苏会长：东方甲乙木，南方丙丁火，中央戊己土，西方庚辛金，北方壬癸水。……托祖师爷的福，今天吉时儿孙子弟过契画押了……

刘掌柜：等等，苏会长，他那儿人不齐呢，这买卖可不是他魏青山一个人的。

魏青山：我代表了。

刘掌柜：那不成，我怕没来的人找后账。

苏会长：是呵，小莲呢？

富小莲：（从街上背着货过来了）在呢，在呢！上货去了！在！我在。

苏会长：都知道买卖是你们仨人起的底，你得在。贵宝呢？

魏青山：用不着问他了！

苏会长：那不成吧！

魏青山：他欠柜上钱呢！早晚得清了。

【突然从桌子底下出了声了！

贵　宝：说什么呢?！欠钱？不说还罢了，要说，我还想再欠点！嚯！这炮放的，刚睡着就给崩醒了。大冷天的瞎折腾啊。

富小萍：贵宝，怎么跑桌底下去了……

贵　宝：知道今儿个有事，怕来晚了……

魏青山：你可真上心。

贵　宝：魏青山，刚才的话，我听了一耳朵，你过来！

魏青山：有话说话。

贵　宝：给我二百大洋！

魏青山：你先把欠柜上的钱还了。

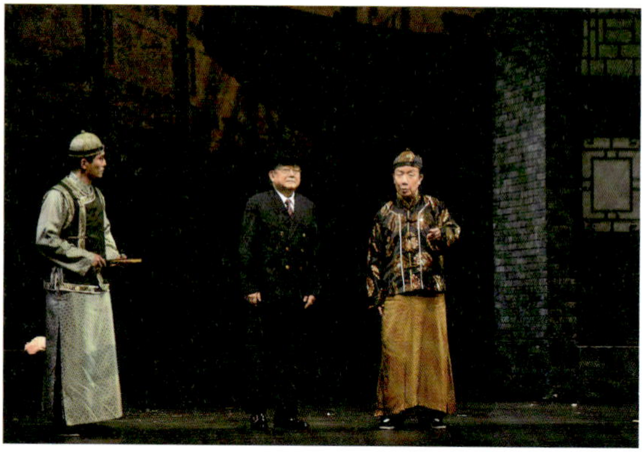

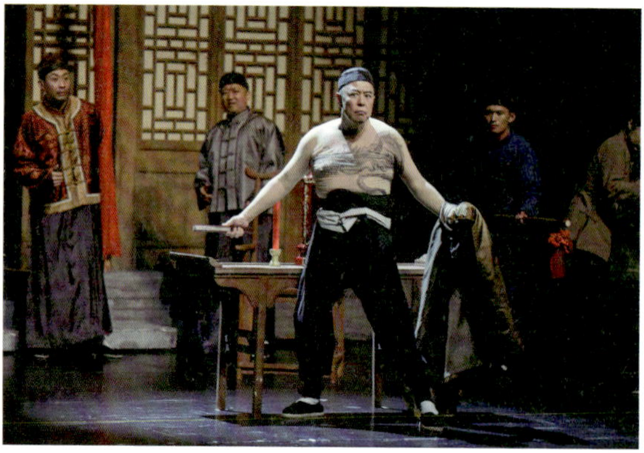

贵　宝：我没钱。

魏青山：那我就没钱支你。

贵　宝：我是东家。

魏青山：万盛和的东家大冬天趴大街上睡觉，你算丢人丢到家了！

贵　宝：我乐意。给钱！

魏青山：没有。

富小莲：贵宝，你要钱干吗？

贵　宝：有用！

【这时看那小铺子打开了，秀儿众目睽睽下，怯怯地出来了。

贵　宝：我得给人赁房子住。

魏青山：你给什么人？（一眼看见秀儿。秀儿出来看这么多人想往里躲，看了魏青山一眼，还是退回去了。）

贵　宝：你管不着……

富小莲：贵宝,有话咱好好说。

魏青山：好,是你说的管不着。那你今儿个就着会长、中人都在,退了股吧。

富小莲：青山,等等,话赶话,他不是那意思。

魏青山：他是什么意思我不管,这话我早想说了,贵宝,今儿我没工夫跟你费唾沫,早晚这股东得给你清了。苏会长,咱先画押。

贵　宝：你画不成!

魏青山：拦住他。(贵宝往里冲,被人拦住了。还冲。)

富小莲：贵宝,你先停停!

贵　宝：好,你魏青山,你是要把事做绝了啊,那就别怪我不仁义了!

魏青山：有本事你都使出来！

贵　宝：你个跟女人不清不楚卖翠花吃软饭的东西！

富小莲：贵宝！

【贵宝扒了上衣，大光膀子一亮，上边文的全是龙。砰，往条案上一跃一坐。

贵　宝：谁也别拦我，不是不拿我当东家吗？好，趁着今儿太阳好，爷我在这儿晒晒龙！！

【全场静了。看着贵宝。

魏青山：好！有你的，苏会长，您看见了，就着您几位爷还在，我今天要把两件事都了了！贵宝的股份我退他，刘掌柜的押我得画了……老冯，给贵宝支二百大洋！清账，咱们就着这香案散伙了吧！

贵　宝：好！拿钱，散伙！！

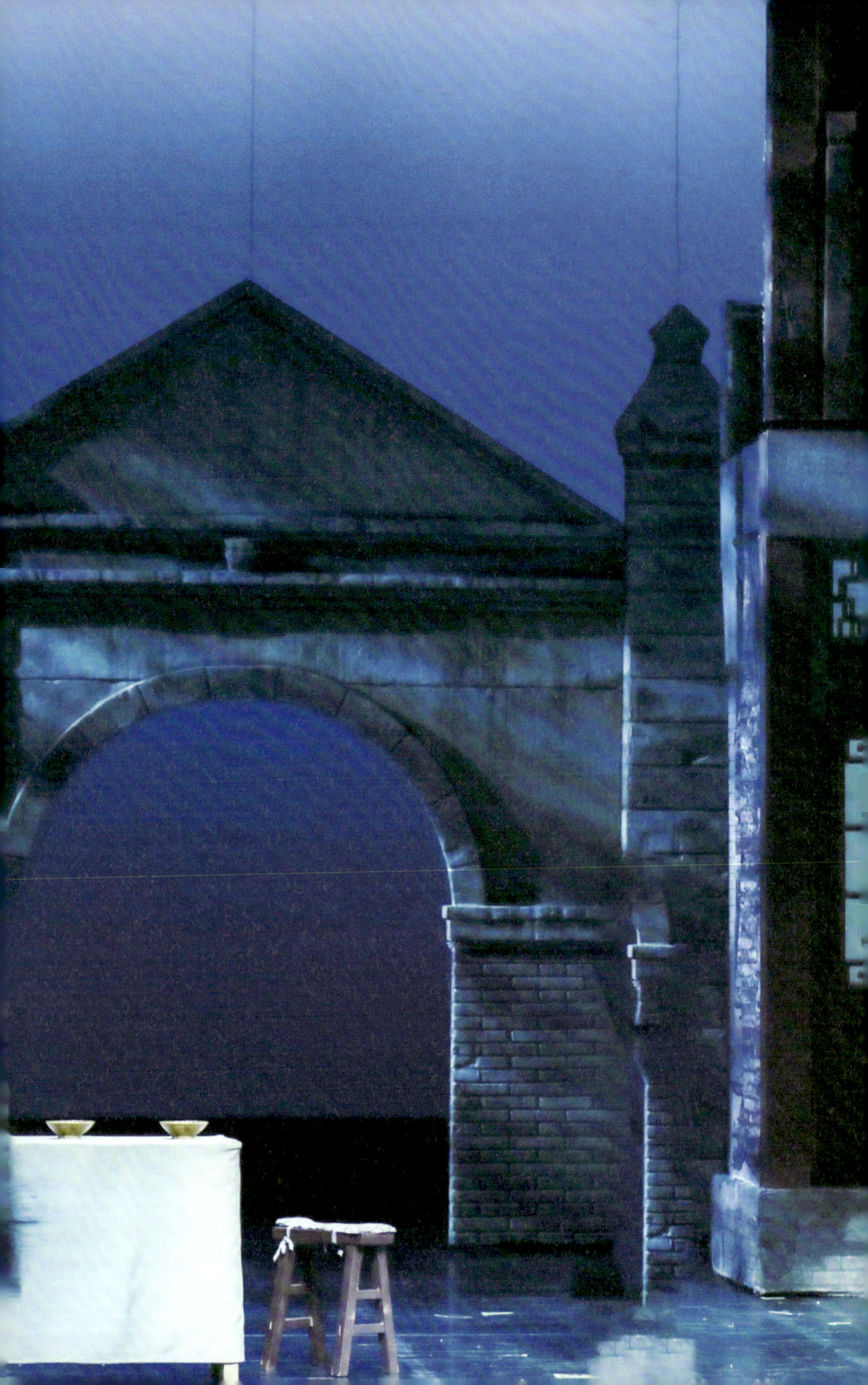

第五场 衔金

按规矩活人不累。

【砰!枪炮声中,天幕上大火熊熊。

【舞台上着大火,万盛和的铺子一下着了,老冯带着伙计想往外抢东西。火太大,抱出半匹布来。

【曹锟的兵执枪,放火上。

【众商家奔跑着。眼看着大火着着。

【天幕上整个东安市场烧着,舞台上也是火光一片。

【三个人又穿着白色的长衫上来了。

【魏青山上来站在自己烧没了的铺子跟前。

魏青山：就是在那天晚上，谁能想就那么寸啊？

贵　宝：新历，一九一二年二月二十九，袁大总统为了不去南京坐江山，让曹大帅来了个壬子兵变。

富小莲：可惜呵，红火了十年的东安市场全让兵给烧光了……说是火先从电影院烧起来的。由南往北三百多家铺子几百个摊位，一家没留……

魏青山：全烧光了。

富小莲：国不宁啊，商家哪儿有安定。

贵　宝：比写得还准呢，晚一天都不成，就是那天魏青山逼着我退了股。

魏青山：刘掌柜的买卖也是那天过的契约。

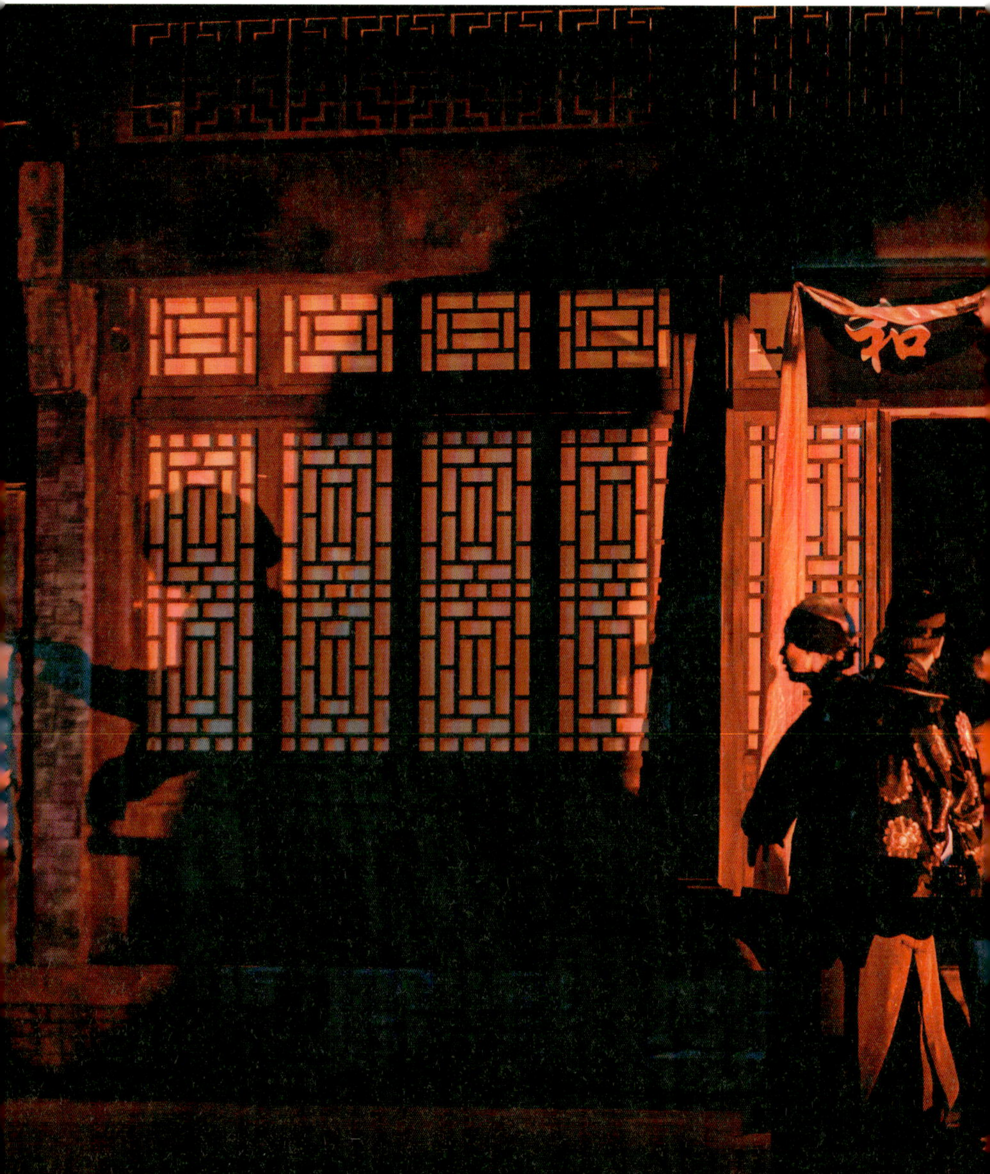
和

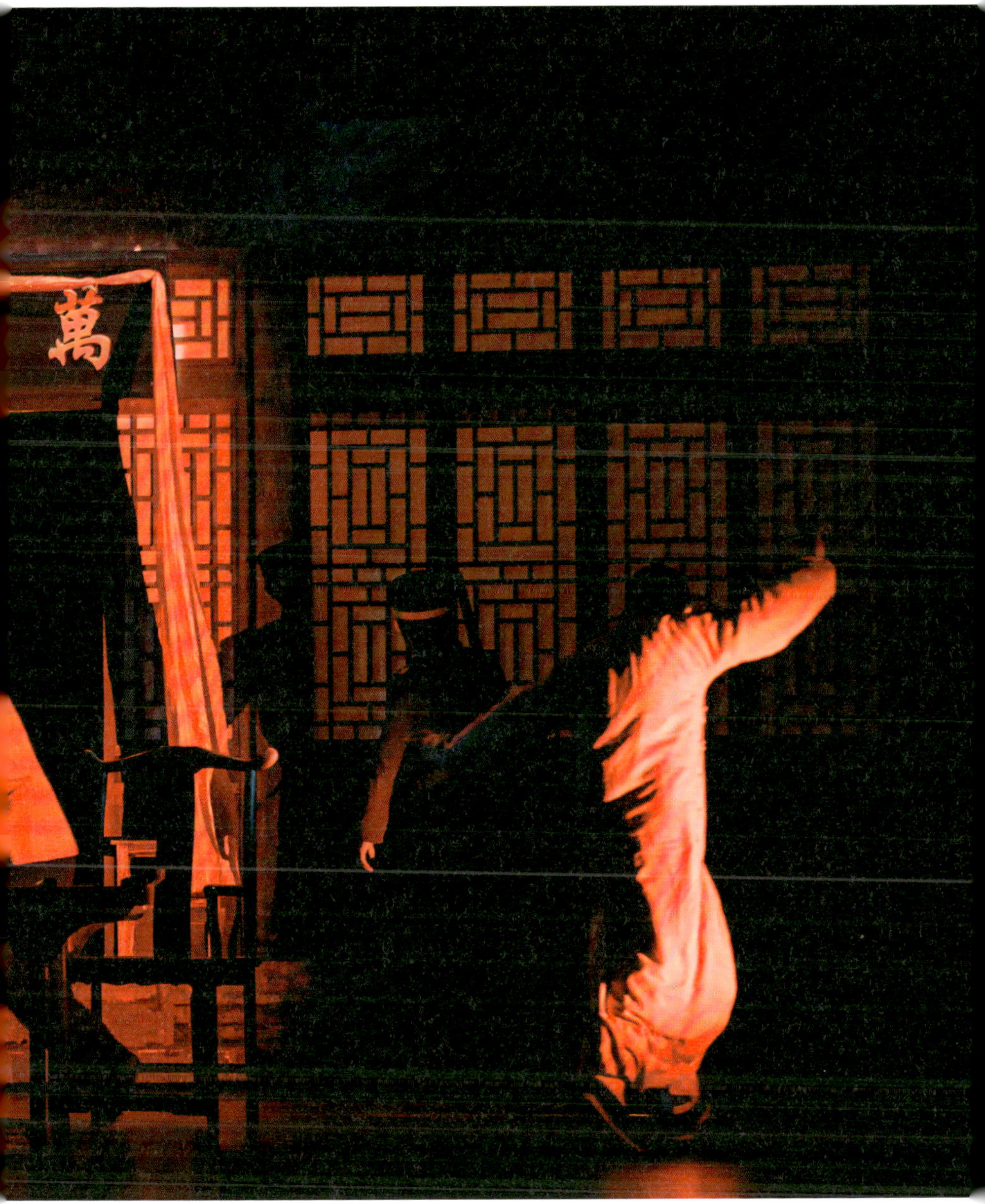

贵　宝：好啊，烧的全是魏青山你的了……晚一天，我想跑都跑不成了。

富小莲：从井台上喝凉水算，整七年，事儿没成时，三人一股劲，事儿成了，心气不一样了。

贵　宝：魏青山你活该，谁让你讲利不讲情，不管不顾的，报应。

魏青山：……我认！我不看眼巴前儿，烧就烧了，地在，股清了。大不了从头来过。我不能像富小莲似的开个小铺子整天啃窝头，自得其乐……天底下的人多了，你要想出人头地，天塌下，别人能躺下，你得站着……这火烧得好啊，烧了该烧的，留了该留的，别看它今天是白地，只要我魏青山在，来年花开一片！

富小莲：这个时候，青山心都不乱。

魏青山：富哥，你要看着热闹，你也退股，我按昨天没烧的铺子给你钱……我魏青山就是这么硬实，烧光了，想退股的给退，想卖地的我收。

富小莲：青山，这时我退股还算人吗？万盛和烧光了，我往外退股，这事儿我们富家几辈人都没干过。

魏青山：你打算怎么办？

富小莲：可我又不能留下，三人同心起的势，贵宝退了，我留下，也不是朋友之道。

魏青山：到底要怎么样？

富小莲：青山，要不这么着吧，股算我退了，可你的钱我一分不要，我算净身出股，万盛和烧了的有我那份。

贵　宝：富哥，您别顾及我，您这人就是规矩太多，活着累。

富小莲：按规矩活人不累。

贵　宝：怎么讲？

富小莲：知道什么该做，什么不该做，用不着犯嘀咕，该做的做，不该做的想都别想。世乱了，规矩不能丢，要么谁活着也不顺遂。青山，你的买卖从今儿起，没有我的份儿了，我画押……我没旁的要求，就是旁边这棚子我得留着。卖点零碎小百货，代人写写信……这我跟你说明了。

魏青山：可那块地儿……我也想收呢！

富小莲：股可以退，这棚子我不能让！就这么个条件。

魏青山：……好！就按你说的办吧，这场大火好，烧得干净清爽。

【魏青山向前对着观众说。

魏青山：着了火的那天，我一整天就站在这废墟跟前，一句软话都没有，我不是怕人看笑话，我看见了万盛和红火的那一天，贵宝，刘掌柜，当天你们是乐了,可往后哭的日子少不了!

【天幕上马上现建筑新楼的景象。

【暗转,三个人下。

萬盛和

第六场 断命

各有各命,都盖大买卖,小袜子板谁卖啊?

【夏天。

【大火之后，万盛和盖了更大的大楼，更加风光了。

【旁边一个小百货屋相比之下显得很小，富小莲在门口挂了很多平民实用的物件，"代客书信"的幌子还在……上有一匾"百小堂"三字。

【佟四爷（完全落魄了）领着各样的客人上场。

佟四爷：几位先生夫人太太小姐，这边，这边，万盛和看见没有，这条街上最大的买卖，什么都有……里边请，里边，万盛和的货您买回家去可有的夸了（数板）您走到了王府井，来在了万盛和，头上脚下里外三新，您就便一店得，会吃吃腱子，会穿穿缎子，马裤呢礼服呢洋哔叽，数咱的万盛和……老冯！老冯！来客人了！

【老冯领着伙计出来毕恭毕敬地迎客，把人带进铺子，可以看见过去人的待客之道。

老　冯：小来啊，过来，你可记住了，按规矩，太太小姐要看货，你不能手递手地往人怀里送啊，得递给老妈子，还有，说话得低头，别大声说话，盯着人脸看啊……

伙计小来：记住了，您哪。

【富小莲的铺子"百小堂"。富小莲送几位老顾客出来。

老太太：富掌柜您留步吧，这小脚的袜板不赚钱，还就您这儿有。

大　嫂：裙带的钩子多久没见过了，您这儿齐齐的！

富小莲：几位常来吧，大妈，家还住小羊圈儿呢？

大　妈：您记性可真好！

富小莲：得了，今儿个让您白跑了，那东西叫……

大　妈：纫针的小机巧，我见街坊使过，线一续进去，不用找针眼，它自己就纫上了……

富小莲：得，我回头给您找去，找着了，您别跑了，我给您送家去。

大　妈：挣不着钱的玩意，还值一送。

富小莲：不是钱的事，您今儿个可要了我的短儿了……您慢着……慢着。

大　妈：整个王府井，不愿去别家，就来您这儿亲。

富小莲：您多担待吧，买卖都不好做了。

大　妈：富掌柜您成家了吗？

富小莲：没有。您给想着点吧。

大　妈：哎，大妈要是年轻，我就……

富小莲：哎，别，别，咱不说这个了，不说这个。

【三位客人下。

【老冯把佟四爷拉了出来……

老　冯：佟爷，客人来了，您就别在里边搅和了，该给您的短不了。

佟四爷：我要不跟进去，青山他不给我提现钱……

老　冯；得，您拿着吧！

佟四爷：就这数儿啊！

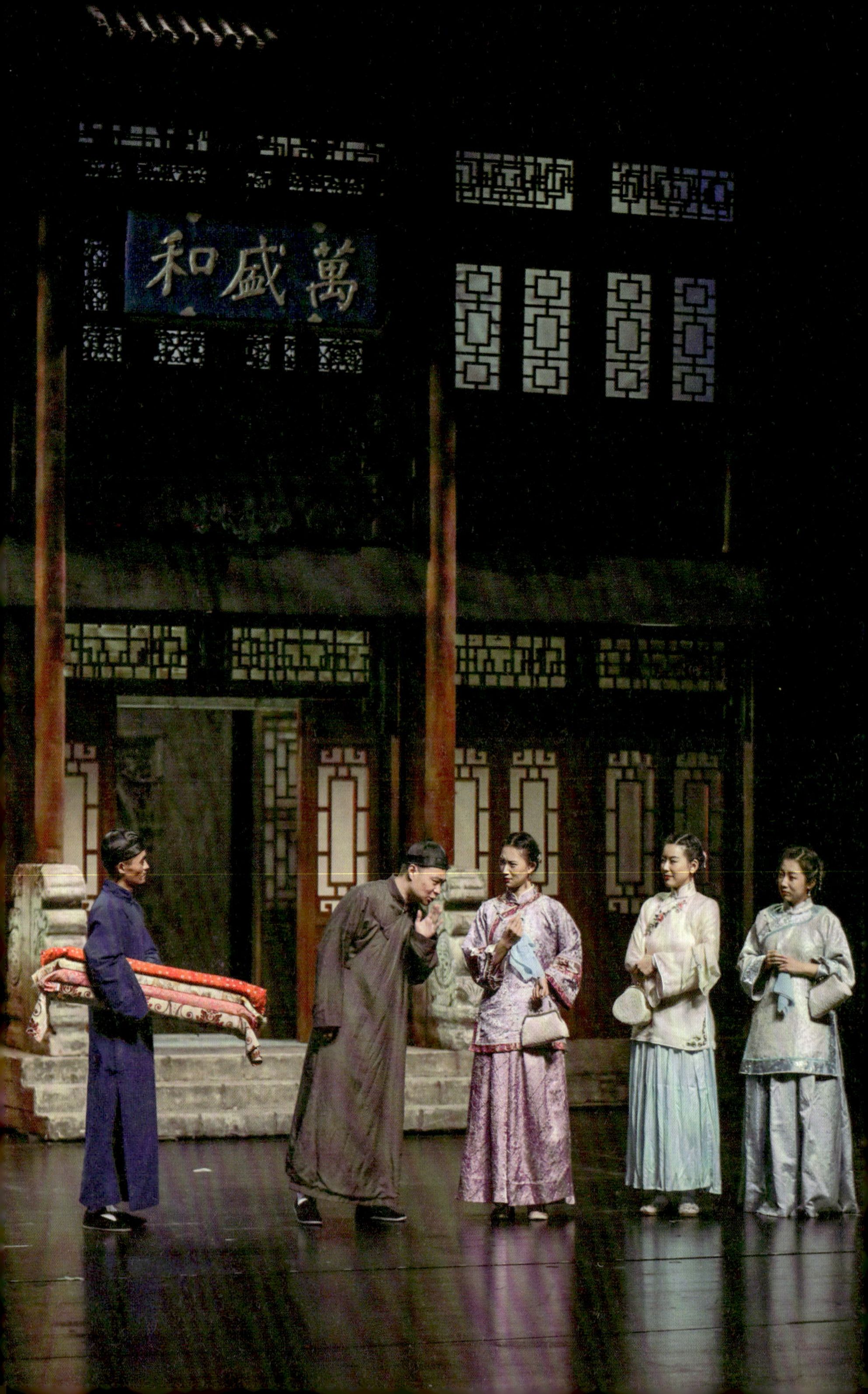
萬盛和

老　冯：您还觉着少啊，跟您说客人买不买东西还不知道呢，这或许还是赔着给您的呢！

佟四爷：话都让你们说了……得！（两个瘦得不成样的扑户晃着跟了过来了。）

佟四爷：（把一部分钱递给瑞五）拿着，当老大容易吗？这会儿你们是爷，爷我成三孙子了。（一眼看见富小莲）富觉罗，您吉祥！

富小莲：您吉祥，佟四爷，老没见，您挺好的？

佟四爷：嗯！好到家了，我这会儿活着就是给祖宗丢人呢（打自己脸）……这要搁着我的脾气，早该找根房梁吊死了……这哪儿是活人啊？丢人！……觉罗爷，您可别瞧不起我啊。

富小莲：佟四爷，人生在世，风光是一段，贫寒也是一段……缺哪段都不全乎，您由富贵而贫寒，心性不改，我佩服您。

佟四爷：好，爱听，别人要这么说，我当是在骂我呢，您这么说我信！您是过来人，想起二十多年前的觉罗府，花山亭榭，曲水楼台，多么好的景致，可一夜间不就没了……您经过大事儿，这会儿看得高远。

富小莲：里边喝口茶吧！

佟四爷：不了，不怕您笑话，我成拉客的了，大清国的贝子，给万盛和往里带客人挣个份儿钱，想想都是梦……我饿了，我吃口食儿去。回见。（两个扑户赶着跟上）

富小莲：回见。

【富小莲送走了佟四爷，呆站了一会儿，在铺子跟前扫地……

【正扫着，很潦倒的贵宝上来了，有点生地看着更大的万盛和，往前走没注意富小莲。

富小莲：哎，贵宝兄弟往哪儿走啊？

贵　宝：哎哟！富哥！您还在呢，在就好，在就好……万盛和全变了样了，真想不到青山这小子买卖越做越大了……我这一路从王府井南口那儿往这边数着看。别说，还就数这家买卖大！

富小莲：青山有冲劲，不容易！

贵　宝：那是，一把火烧完了，人家掸掸土又站起来了，后悔我这股退早了，害您富哥的股也跟着没了！

富小莲：不算事，日子还得过……一向可好？

贵　宝：还成，只能说还……成。

富小莲：票着唱呢？

贵　宝：那不能放下，一辈子就好这个！富哥，跟你报报啊，这二年彩唱过二回了，富哥你没去，嚯，爆棚了，临了还返了个小段，就差上广

　　　　　播电台这一个念想了……

富小莲：人活着有念想就不白活。

贵　宝：……富哥。

富小莲：有话说！

贵　宝：我应了山东一趟穴。

富小莲：兵荒马乱的小心。

贵　宝：我有什么可怕的啊？……就是……（想说秀儿又不好说）

富小莲：差多少，我给你。

贵　宝：钱我有，盘缠都有人管了。兄弟我不是原来的票友了，是半个门里人了。

富小莲：那可真好。（给钱）带上点吧，路上好用。

贵　宝：不要，不要，净花您钱了。

富小莲：不说那个，咱在井台上喝过凉水。

贵　宝：嚯，还想着那会儿呢。梦一样的……哥儿仨合了七年，终归散了……富哥，我还是我啊，我不像这为利忘义的货（指魏青山）……什么时候您有事了，说话。

富小莲：（看出来了）贵宝有什么话，直说吧。

贵　宝：富哥，我，我要是走了，秀儿就没人管了。您说，我这好心帮忙，到了，人砸我手里了，上哪儿说理去啊。

富小莲：秀儿还在你那儿呢？

贵　宝：看您这话说的，什么叫还在我那儿呵，不是那个姓崔的压根就没找见吗，她想回老家，盘缠钱我可都给她包好了嘿，谁知她街上遇见老乡，说秀儿前脚走，她妈后脚就寻死上吊了。就为不给她添麻烦。

富小莲：这老家儿，真有股子狠劲，为儿女豁得出来。

贵　宝：她为儿女了一了百了，可人砸我手里了啊……

富小莲：也是好事，话别说那么多了，你要哥怎么着？

贵　宝：我走穴不能带着她呵，让她来您这儿白天帮个忙，晚上找个铺位住了。混个活路吧……（也不等富小莲说话，就喊）秀儿！秀儿！过来吧，见见富哥，都不是生人，来，富哥，秀儿你见过的，见过的……

【秀儿上，清瘦，贫苦，可怜。

秀　儿：富哥！

富小莲：哎哎！挺好的哈，好好，您坐，秀儿坐……好好……（突然）贵宝，咱旁边说句话。（拉贵宝上一边）

富小莲：贵宝，我这铺子就我一人待着正好，这要来个女人，没地方住。

贵　宝：您傻啊，跟您说我可没动过她啊，您不还没娶媳妇呢吗？她娘死了再没亲人了，什么都不花算您的人了……那不是捡个便宜啊？

富小莲：这事儿，我干不出来！

贵　宝：富哥，您一辈子什么都好，就是尿，要么您不至于的一块儿起来的，人家开着大买卖，您弄个鸡窝在旁边还挺乐和的……

富小莲：各有各命，都盖大买卖，小袜子板谁卖啊？

贵　宝：净说那不要紧的，您管那么多干吗，做买卖就得挣钱。

富小莲：你别跟我提钱，我知道钱是什么东西。

贵　宝：好，我知道您阔过。不多说了，您看人家姑娘多可怜，您不算帮我，帮帮人家应该吧，哎，那天要不是您揽着给人写信，还没这会儿呢。

富小莲：话不能那么说。

贵　宝：得！就这么办了……秀儿！秀儿！

秀　儿：唉!

贵　宝：都托付好了,我走了!

秀　儿：(有点不好意思,小声问贵宝。)你该说的话都说全了?

贵　宝：都说全了,放心吧!甭客气啊!在富哥这儿就当自己家一样……

富小莲：贵宝你先别走,这事我想着……它不能这么办!

贵　宝：我赶火车,人交您了怎么办都行,您想辙吧!

富小莲：我,我……

贵　宝：不用送了,留步吧。

【富小莲送也不是,看着秀儿转头回来也不是。

【万盛和出来了那些人。

【热热闹闹的!

夫人甲:买够了没有!

夫人乙:没有,小四的旗袍料子还没买呢!

夫人丙:还得来!带的钱花没了……

夫人甲:哟,那跟他们赊着啊。

老　冯:各位夫人,没带钱都不用急,选好了的百货布料,要想在这儿做呢,咱给做,不想在这做,我给您送家去!钱什么时候给都成。

夫人丙:(怯口)头回来不好意思的!

夫人甲:怕什么的,他们老板我认识,原姓崔,早年是个卖翠花的(耳语)。

夫人丙:是啊!那就再挑挑……(一伙人又都进去了。)

【那边富小莲和秀儿,呆坐着……

秀　儿：富哥。

富小莲：唉。

秀　儿：一路走下来,人家的铺子都不认识了,就您这儿没怎么变样。

富小莲：小是吧？富哥我没什么大志气,就觉着这么一个小铺子,正够我折腾的……您别看小,还挺累人的。

秀　儿：实在话……看着您累,还高兴着……(有点想干呕。)

富小莲：不能愁,老话是不如意事常八九,要愁那还有个头呵？

【突然,秀儿吐……干呕。

【富小莲赶紧倒水……

富小莲：秀儿,怎么了,快喝口水,饭没吃顺吧,我给您找藿香正气丸。

秀　儿：（干呕）不是！不是那事！

富小莲：那是饿的……我这就叫人买大顺斋的点心去！

秀　儿：都不是，富哥，您别忙，您别忙，不是那事……

富小莲：那是？

秀　儿：……贵宝，他刚才没跟您说吗？

富小莲：说什么？

秀　儿：说我们俩的事。

富小莲：说了。

秀　儿：说什么？

富小莲：他说你们俩没事。

秀　儿：（气坏了）贵宝！贵宝！你不是个男人！

【灯暗，转景。

白小酒馆

第七场 断金

四万万同胞都想着拔尖，出门不扎得慌啊？

【深夜。

秀儿挑个灯出来,手里夹了个包袱还有件衣裳,看见富小莲蹲在小铺子门口。

秀　　儿：富哥,您怎么不回屋……

富小莲：外边坐坐。

秀　　儿：您披上件衣裳,听我说会儿话……成吗?

富小莲：唉,你说吧。

秀　　儿：秀儿是个苦人。

富小莲：唉,这……我知道。

秀　　儿：那天我求您写信,我把身世一说,贵宝他哭来着?

富小莲：是,哭了!

秀　　儿：我不信人,尤其到了生地方,人不可信。可是我信眼泪,我看见他哭了,我信一个听了我的事流眼泪的男人。原想着他真能帮着我找着小崔呢，找了两天，一个人影儿都没有……他拿出钱来，让我回娘家去，就那会儿偏又得着信我娘她走了。临终留了一句话，不让我回去……那会儿我真伤心了，一回又一回地想着死。后来贵宝让我看见了往前走还有路，那会儿我想我一个女人，这辈子也就……这样了吧。

富小莲：他到了没说要娶你？

秀　儿：话倒是说过……可说过就过了……他手里留不住钱。

富小莲：还是没娶？

秀　儿：没有。

富小莲：秀儿，我，我不是冲你啊。我想，这事儿叫什么啊！我算是干吗的呢？兄弟媳妇不是兄弟媳妇……亲戚不是亲戚……人家问不问的，可我自己心里得清楚啊！可这算是哪一出呢？

秀　　儿：富哥，秀儿这辈子命苦，我认了。我不能再连带着旁人跟着受褒贬。您别着急，我这就走……（拿着包袱要走）

富小莲：你往哪儿去啊？

秀　　儿：我找姓崔的去。

富小莲：那人在哪儿呢？人你都不认识了……再说了都这样了，人家还认你吗？

秀　　儿：他不认……我就找我娘去……一了百了！

富小莲：快别说气话。我刚才说的是实话，你别往心里去……你，你哪儿也不能去，在这儿吧，等着贵宝回来，贵宝回来了，他的账我跟他算！跟你没关系。对不住，我话说多了，对不住了，你回去睡吧。

秀　　儿：那您也不能就这么着从早到晚跟个招牌似的在门口待着呵。

富小莲：我这就回，我睡柜台上。你在后院睡。没事，

　　　　　　　我想通了。

秀　　儿：你不怕别人闲话？

富小莲：人的嘴我管不了，我该怎么做，我明白，回吧，回吧。

【秀儿回，富小莲相跟着回去。

【灯光照着静静的小铺子，之后是夜晚到白天的变换。时光荏苒，天越来越亮时，旁边的万盛和越来越高大亮堂了。

【人语声，一群掌柜的跟着魏青山上。

【魏青山边走边说着话，老冯拿包跟着。各路的掌柜的跟着。

魏青山：天底下哪儿有这事儿啊，一把火烧光了，国家不管不说，看着咱铺子又盖起来了，说东安市场要归民国了。

掌柜甲：王府井一条街都红火了，谁不想沾一手啊！

掌柜乙：八年前，就这草有一人高……现而今除了卖百货，还有电影院，戏园子，茶楼，饭庄子，回力球、台球、乒乓球场，连带着说书杂耍什么没有啊！一块杂八地成宝了。

魏青山：各位掌柜的咱成个会吧。

掌柜乙：什么名头呵？

魏青山：就叫商民公益联合会……

掌柜甲：这名好，干净。

掌柜乙：会长就您了。

众　人：就您了。

魏青山：得选。

掌柜甲：今儿个就着人多就公推了。老冯，找个代笔的，把事办了。

魏青山：等等，还是得选，不选，几百家铺子不服众……

【此时秀儿从百小堂撩帘子出来，挂货，扫地……魏青山看见了。】

众　人：选，选。进去写选票，写选票去。

魏青山：老冯，让几位爷楼上喝茶议事啊……哎，我支派点活儿，三柜！

三　柜：爷，您说。

魏青山：张府要的礼服呢？送了吗？

三　柜：送了。

魏青山：英国庄的货咱先进二十匹，黑色的好卖要十匹，蓝色儿的五匹，余下各一匹……（边说着边看着秀儿……秀儿此时已显了怀了。）去吧。

三　柜：我马上办。

魏青山想进铺子，想想又出来了。又往秀儿这边看着。

魏青山：这位大姐，您是百小堂的客人，还是？

秀　儿：我是卖货的,（一搭眼有点眼熟）您需要点什么里边看看……

魏青山：那掌柜的富小莲在吗？

秀　儿：在！我给您叫去！

【魏青山在外边等着……若有所思。

【富小莲出来了，脸上看着高兴。

富小莲：呵，青山呵，里边坐啊！

魏青山：不了，我一屋子客人……富哥，您看着人精神了啊。

富小莲：还好。

魏青山：请了帮手了？

富小莲：……秀儿啊！

魏青山：秀儿？

富小莲：啊，秀儿，在我这儿帮忙。

魏青山：那个秀儿不是让贵宝带走了吗？

富小莲：您记性真好！贵宝出门走穴了！混出来了，票戏能挣钱了。

魏青山：贵宝娶她了？

富小莲：没有。

魏青山：您娶她了？

富小莲：您这话可说偏了。

魏青山：都没有。

富小莲：没有。

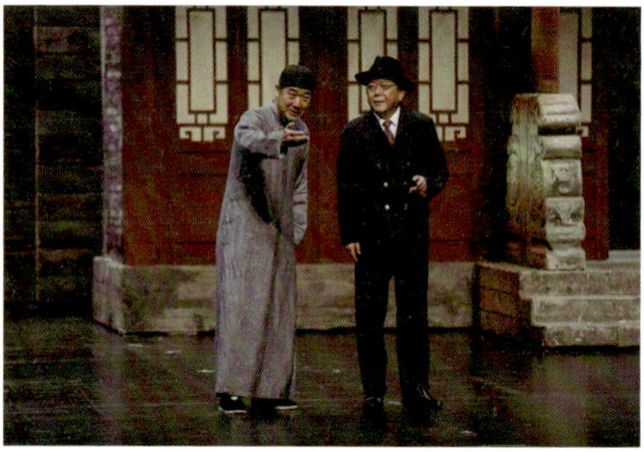

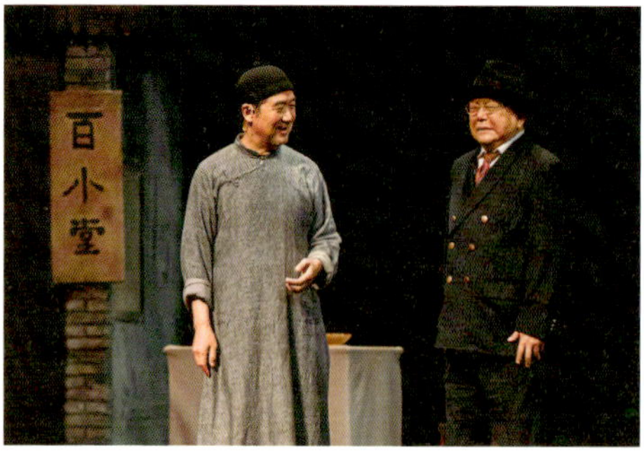

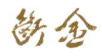

魏青山：那她怀的谁的孩子?!

富小莲：贵宝的……

魏青山：贵宝的？她怀着贵宝的孩子，贵宝没娶她，您让她在这儿住着？

富小莲：她在我这儿等着贵宝回来。

魏青山：富哥，您讲了一辈子规矩，按礼，大伯子跟小叔子媳妇都不过话，您可好……什么名分都没有就敢往一块儿住啊！

富小莲：秀儿在后院单住，我睡铺子柜台上……

魏青山：一个门进出，谁知道啊？

富小莲：我知道！

魏青山：富哥您小心谨慎一辈子，这会儿胆儿太大了吧，传出去不觉着丢人吗？

富小莲：没干丢人的事就不丢人。

魏青山：跟你说，这事你不能这么办！

富小莲：该怎么办……我心里明白。

魏青山：好，你明白，我就不说了，跟你说把小铺子关了，钱我多给你，你们别在我眼前晃悠，搬家走人。

富小莲：我不想关铺子！

魏青山：那你让她走！

富小莲：她碍着你什么了？

魏青山：碍着我买卖了！说话我就当会长了，我不能让我的眼皮底下出这种伤风败俗的事。

富小莲：青山，我问你，到底是我这小铺子碍着你了，还是她碍着你了？！

魏青山：你话算问明白了，都有！

富小莲：那好，青山，话说到这儿，那我就把实底交给你，王府井东安市场，大买卖小买卖都有，有穿皮鞋的也有穿布鞋的，有穿玻璃丝袜子的，也有裹小脚穿补丁袜子的，凡来的都是客，你待你的客人，我待我的客人，你忙着挣大钱乐，我守百小堂乐，你有你的大乐，我有我的小乐，跟你说，我这铺子不能关。

魏青山：没志气！你一辈子就没想过拔尖？

富小莲：四万万同胞都想着拔尖，出门不扎得慌啊？再有，非要我说志气，我们富家可是在乾清宫里行走的，那又如何？十三岁到现在我就想明白了一件事，流水不争先，争的是滔滔不绝，潮头快吧，到岸上就撞碎了，小溪慢流看的是不尽的风光。青山，今儿我话多了，铺子我不卖，还有秀儿在我这儿等着贵宝回来，哪儿也不去！

魏青山：富小莲，咱可在井台上喝过凉水的。

富小莲：你要还记着那个，你就把那天天支棱着的虚架子叠起来，人生在世旁的不怕，就怕没见识……还有天底下也不是就你手里的一杆秤，你有你的斤两，旁人有旁人的斤两，不活到最后一天，约不出分量来！

魏青山：你要说这话，咱就等着瞧。早晚给你来点实的。

富小莲：魏青山，我这人看着胆小，但今天我想说句硬气话——我等着你！

【富小莲回店。

【魏青山没动，呆呆站着。A.然后魏青山突然走动起来。场上的景瞬间换一下表现为另一个时空。B.如换不了也可让佟四爷从后边高处出现，造成另一个时空的感觉。C.两个人在不同的时空边走边说也可以。

魏青山：佟四……爷……

【佟四爷恭敬着。

佟四爷：魏会长，您把那个"爷"字去了……叫我佟四我不挑礼儿。

魏青山：日子过得怎么样？

佟四爷：别提了，丧家犬一个样……只有吃屎的份儿了！

魏青山：富小莲你熟吧？

佟四爷：熟！

魏青山：有几句话我要交代你……你过来。（其实两人离得很远，可能就那么表演着就成，写意点。）

佟四爷：唉，您说吧！

两人隔空如耳语般地走着说着。

【灯暗。

百小堂

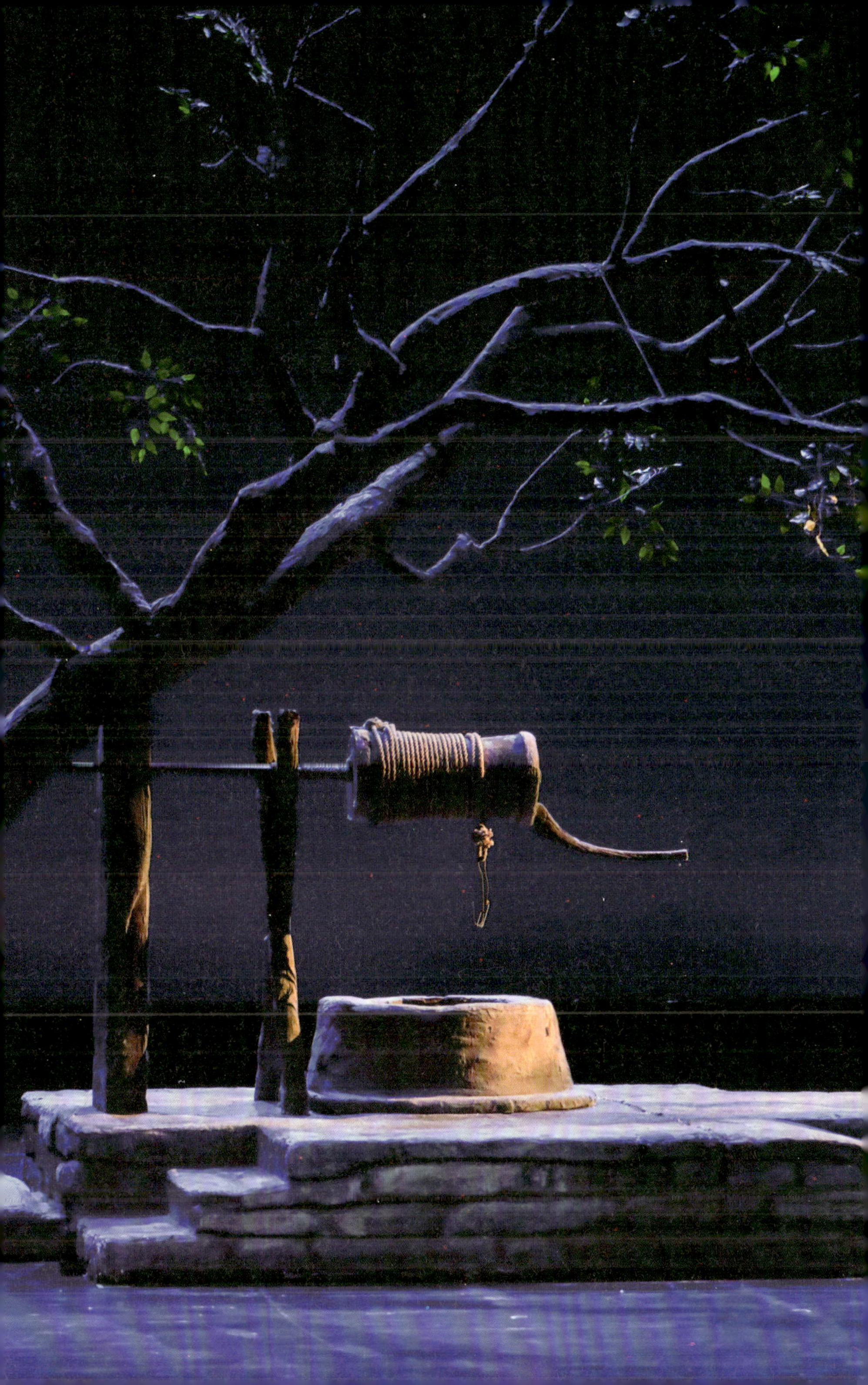

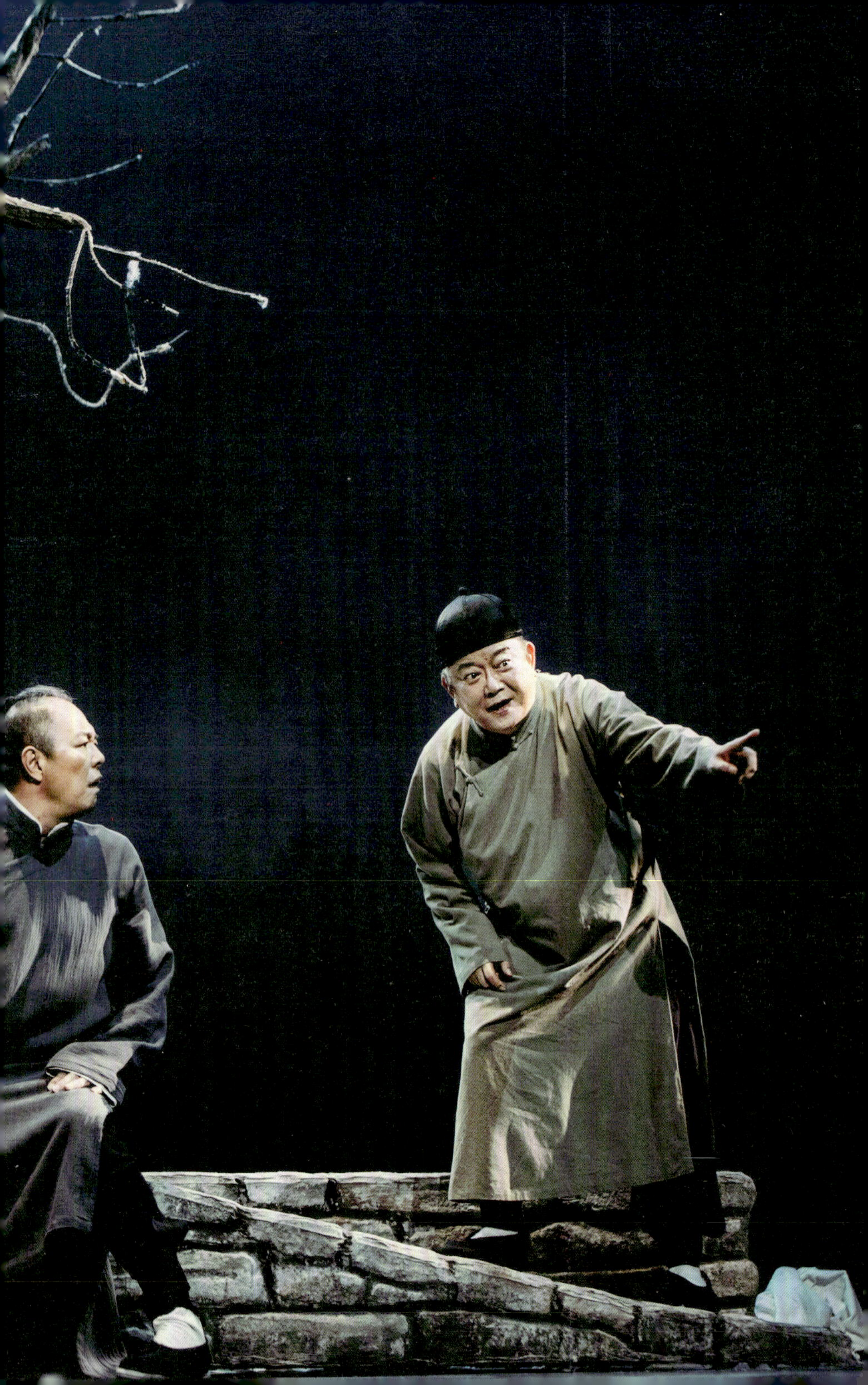

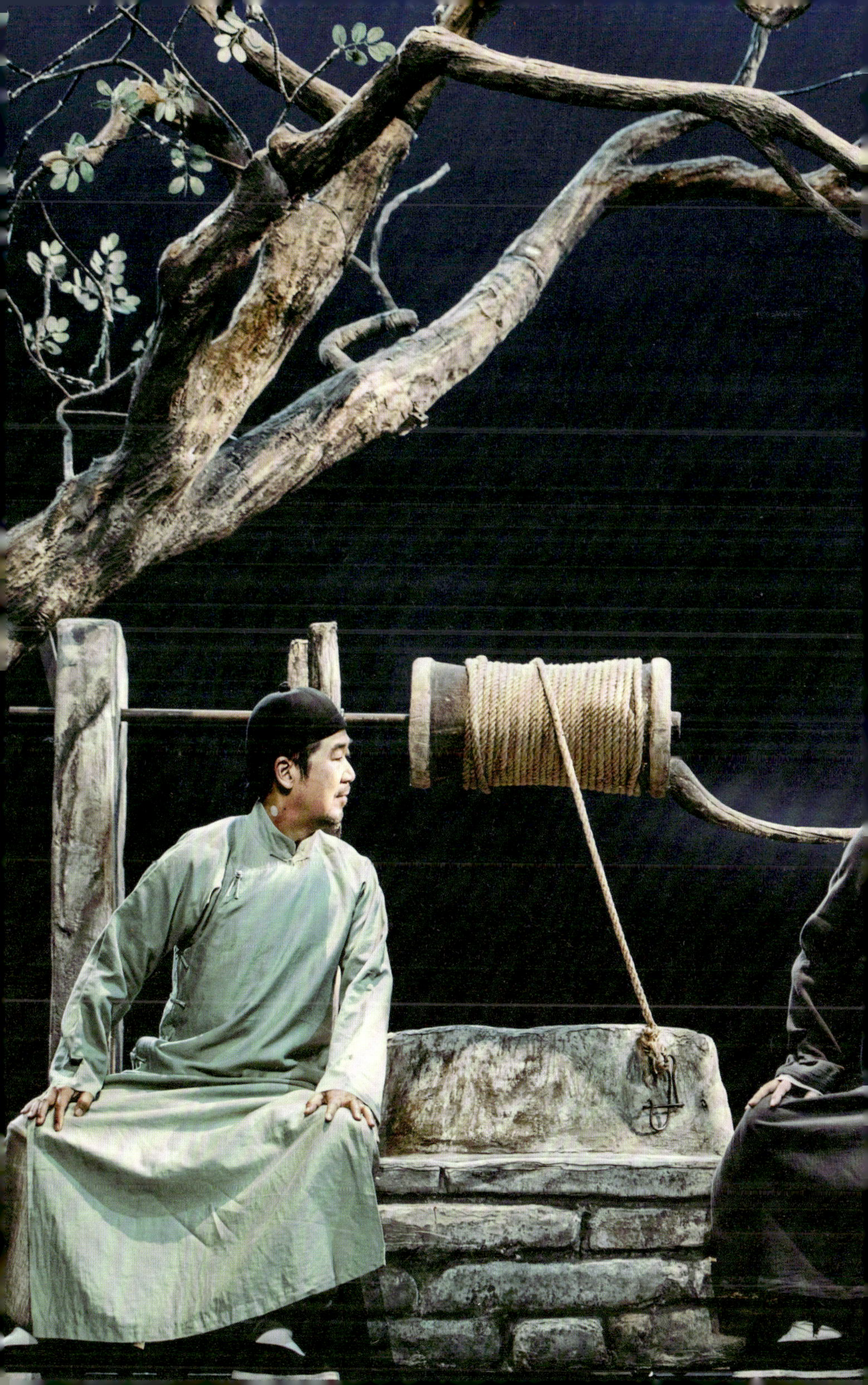

话剧剧本

第八场 断金

咱们小老百姓过日子，天底下没人盯着你看。

【百小堂内景。

秀儿和富小莲坐着,慢慢说着闲话。富小莲忙着手里的活儿。

秀　儿：富哥,今天在街上碰着钮连成了,说贵宝到了山东就让人抓了壮丁了,仗一打……

富小莲：怎么了?

秀　儿：人就……不见了。

富小莲：(先惊后劝)……没死吧,没死就好!兵荒马乱的谎信儿多。

秀　儿：人走了,他连信都没有一封……许是走的时候就没打算回来!他这是躲我呢……

富小莲：……贵宝不至于的!

秀　儿：走时连句男人该说的话都没说,他可不就是想甩我吗?!

富小莲：早晚活着回来……

秀　　儿：富哥，您盼着他回来?!

富小莲：好坏都是兄弟……你不是也盼着呢吗?

秀　　儿：(感觉话对不上)……是啊！他回来了，我就该从这铺子里出去了……富哥，我再不给您添麻烦了。您好好地开铺了，往后成家立业传宗接代……

富小莲：咱都好好的……

秀　　儿：(想把话再说明)……富哥，他要是回不来呢?

富小莲：(冲口而出)等。

秀　　儿：……等到什么时候是个头?

富小莲：就是等。

秀　　儿：日子长了，我……跟着谁等他?

富小莲：……秀儿，贵宝是我兄弟，等到他活人回来了算活人，骨头回来了算骨头……

没实信就是个等。

秀　　儿：富哥，实信我刚没说明，钮连成说贵宝第一仗就给打死了。

富小莲：贵宝死了?!

秀　　儿：他死了。

富小莲：……?!

秀　　儿：人死了!

富小莲愣着。

秀　　儿：富哥……他死了，我肚里的孩子可怎么办?

富小莲：我等着他骨头回来，秀儿，我除了等，没旁的办法。

秀　　儿：贵宝临走跟你说了什么话?

富小莲：……

秀　　儿：他一定说什么了! 您跟我明说吧。

富小莲：……他，他说让我不花钱娶了你。

秀　儿：他真这么说了？

富小莲：说了。

秀　儿：……富哥，您怎么想？

富小莲：（冷，坚决，声不大）不成，打死我富小莲也不能够……秀儿，贵宝死没死咱先不说，你我的事儿，谁都别往深了想，谁都别想。

秀　儿：秀儿没路了。

富小莲：就是……等着。

秀　儿：……富哥，咱们小老百姓过日子，天底下没人盯着你看……

富小莲：……也是。

秀　儿：活着就不能随方就圆吗？

富小莲：（失神般）……不能那么想，要是那么想早就出溜下去了。秀儿，贵宝临走的话，到什么时候我也不能应他……你什么时候也是我弟妹。

秀　儿：富哥怕人说闲话?

富小莲：秀儿……这事是我自己跟自己过不去……我十三岁那年家被抄了，从府里出来三天没吃上一口食……去亲戚家敲门，都不给开……街上的人教我，脱了衣裳换口吃吧……先是这嘴就是张不开……好容易张嘴了，真让当街脱衣裳换吃儿，那衣裳又脱不下来了……十三岁的孩子，委屈死了……心里委屈，想着这么活不如死了……大年下的，找块坟地林子，解了腰带就上吊了……

秀　儿：可怜，还是个孩子呢。

富小莲：……没死成，让看坟的大爷给救了。他在小屋里看了我三天。三天一过他说"我不能再看着你了,要么你出门再死一回去,我绝不再管。要么,把过往的事儿都忘了。去大街上看着人怎么活,你怎么活。…… 小子,我说一句话能保住你,人穷不怕心别穷,再怎么样也别往下出溜,守着你这死过一回的身子,本本分分的活个硬气。"

…… 秀儿,哥不是不懂事的人,可哥有些事从这儿(指着心)出溜不过去……

秀　儿:…… 哥,我明白了。

富小莲:…… 孩子的事你别担心,尽管生,有这铺子在,怎么也能等几年。

秀　儿:(心凉了)…… 富哥,今晚上咱们把话都说明白了?

富小莲:…… 都说了。

秀　儿:…… 那您歇着吧。

富小莲:…… 哎,挺晚的了,歇着吧。

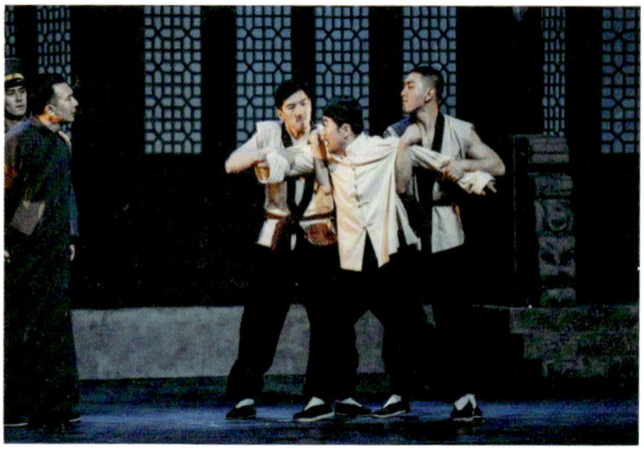

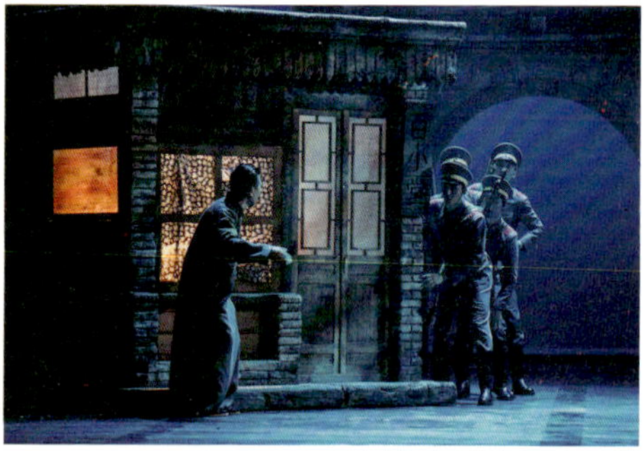

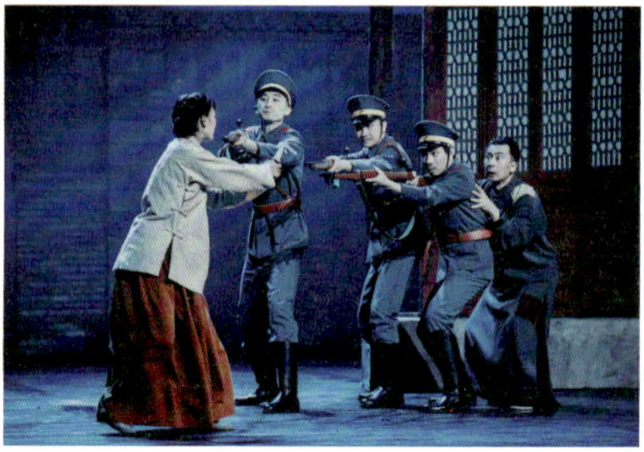

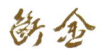

【秀儿往后边走了。

【富小莲收拾东西。

【台转半圈,一半露出了百小堂铺子门口。

佟四爷:(蹲着)嚯,这蚊子咬的。瞧见了吧,爷我混成什么样了,祖上出过皇太后的佟家,什么仗没打过呵,什么场面没经过呵……现在可好,跑人家墙根儿底下听悄悄话来了……您还别不信,我这身上一根两根三根支起来的傲骨,现如今都糟了,撑不住了,屋檐有多矮,我就蹲多矮……活人啊。

【正说着话,噗,屋里灯吹灭了。

【佟四爷站起来。

佟四爷:得了,索三,瑞五,叫军爷出来吧,捉奸拿人……

两扑户:好了,军爷出来吧,拿人了!

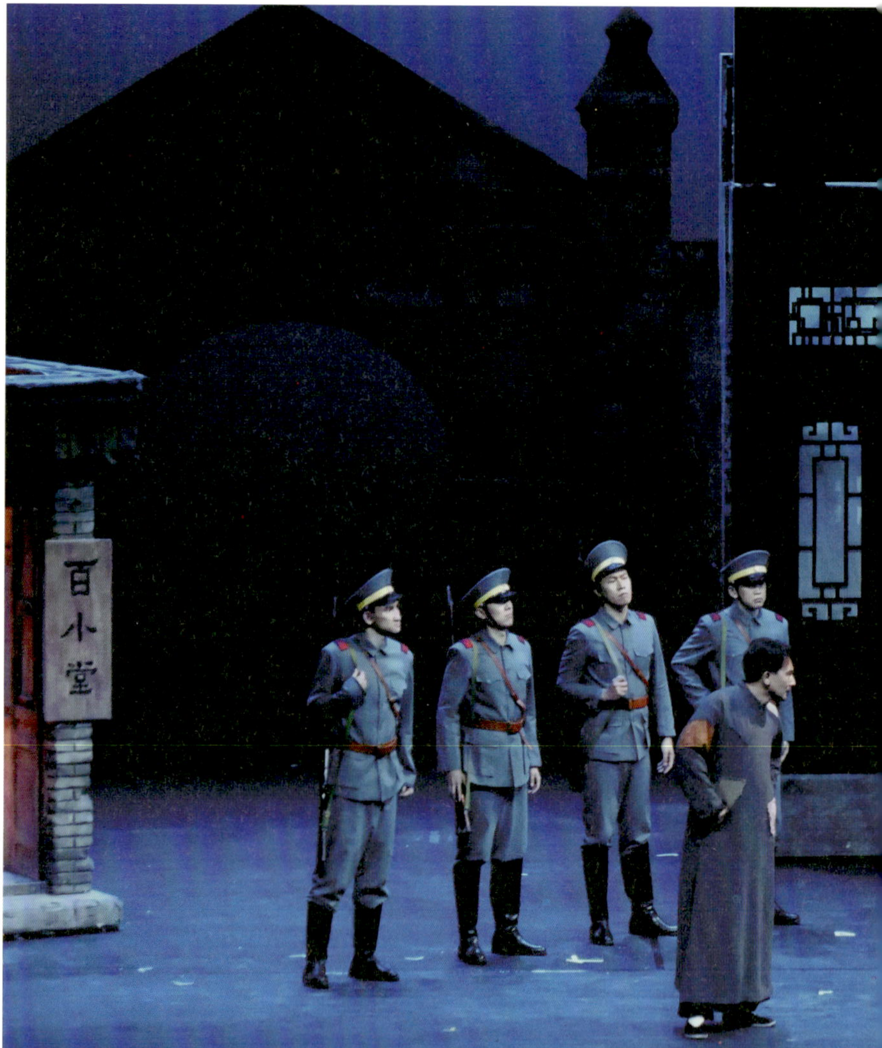
百小堂

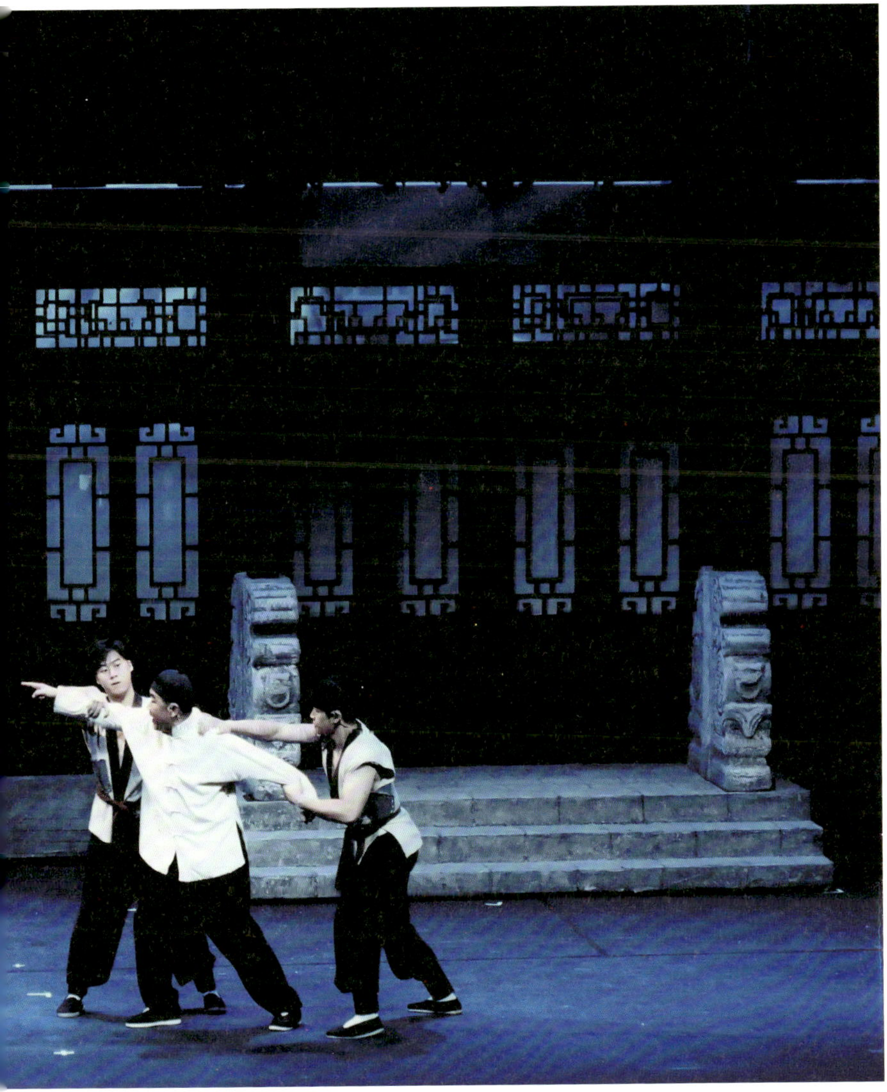

话剧剧本 | 166

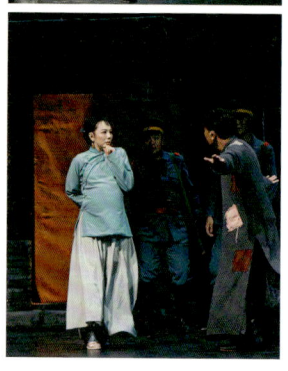

【两军爷上,咚咚敲门。富小莲刚躺下又披衣裳起来。

富小莲:什么人啊?

佟四爷:我!佟四。

富小莲:这么晚了,什么事啊?

佟四爷:甭问,您开门吧。(门开了,佟四爷冲进来。)觉罗爷,甭怪我办这等闲事啊,是你给咱旗下人丢脸了!睡兄弟媳妇,你算什么东西?!

富小莲:佟四,你看清了,这屋就我一人……

佟四爷:找女的。

扑　户:爷,后院。

佟四爷:军爷,后院,后院。(俩军人刚要往后去)

【秀儿看是没睡,穿着整齐,自己出来了。

秀　儿:(说了一晚上话,此时心已死)你们要干什么?

佟四爷:干什么,我还想问你呢,一男一女住一个铺面里，还能有好？军爷，这是有伤风化啊，别费唾沫了，拿人吧……（军爷、扑户动手。）

秀　儿：别碰我，不说清了，我不跟你们走。

佟四爷：说清，说得清吗？（使眼色拿富小莲）拿！

【军爷上来就绑富小莲。

秀　儿：放了他……放了！跟你们说，我肚里头有孩子，一死就是两条命！放了他，我跟你们走。这事跟富哥没关系，跟这铺子也没关系……要走我跟着……松了他，松了！

【说着，一把抄起了货架上的剪子。

佟四爷：嘿！好！烈性，都带走！（说着要抢秀儿的剪子。秀儿闪过。）

秀　儿：别过来，（佟四爷还是上手抢）别！不放人我不活了！（剪子对准了自己的脖子……）

富小莲：秀儿！秀儿！听哥的话把剪子放下，放下！我知道他们冲着什么来了，别怕……没事，没事。佟四，我知道是谁让你来的！

佟四爷：明白了最好！

富小莲：好，我答应，你跟魏青山说吧，铺子给他了，我搬家，这铺子我不开了行吗！我，我，我给你们写字据！（慌忙着要找纸笔。）

【秀儿明白后，剪子往脖子里扎。

秀　儿：富哥别写！……您不能写，富哥，我对不起您。这百小堂不能让，您那么喜欢这个小铺子，我在的这几天，看见那些来找您写信、买东西的人和您有多亲啊，这铺子说什么也不能让。秀儿的命不值钱，秀儿没福气侍候您，秀儿给您添乱了……秀儿这辈子对不起的人太多了……秀儿最后对不起自己一回，把世上所有的债都还了吧！

【秀儿扬手，飞快一剪子把自己扎死了……

富小莲：秀儿，秀儿！秀儿哎！！

【富小莲一下子跪地上了，大喊着秀儿，哭着。

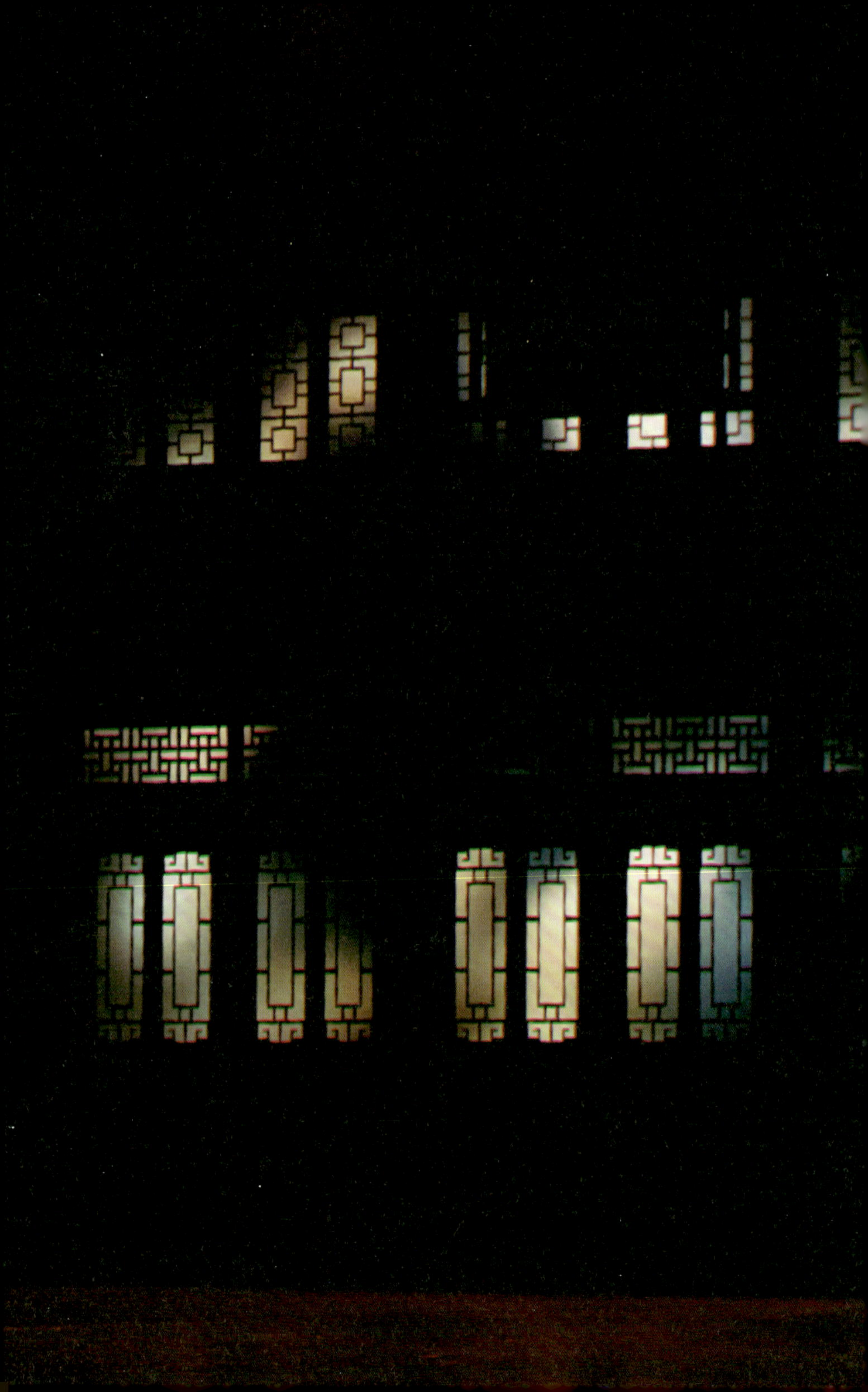

第九场 断金

兵荒马乱的,可怜她把想心上人当块糖,就着苦日子往下咽着。

【天幕上万盛和有更大的热闹,爆竹声声……

【旁边正拆着百小堂。

【人来人往中,老冯紧着张罗着。

【拆下来的房材料,忙着拉走了。佟四爷上。

佟四爷：拆，拆吧。拆小的盖大的，寸土寸金的地方不挣大钱早晚让人惦记拆光了。

俩扑户：（抬着百小堂的匾）爷，招牌怎么办？

佟四爷：烧，烧了。

扑　户：唉！（抱着刚跑出两步。）

佟四爷：等等，留着，留着，这事我细想着有点对不住小莲，赶明对机会，我拿这个给他赔不是去。其他拆呵，赶着拆呵！

【台上人忙乱着。

【贵宝和第一场一样，白衣来到台上，坐在了台中间。死后回忆般地说着……

贵　宝：我把怀了我孩子的秀儿，甩给最好的哥哥了……我他妈的算个什么东西！（自己抽自己。）

……去山东的路上我给抓了壮丁了……打仗第一天我就跑了,没跑多远,又给抓了。可就那么巧……再抓着我的是洪司令的队伍,洪姨太一眼就把我认出来了,言下说要听我唱戏,把我给留在了身边。哪儿为听戏啊,让我跟她聊魏青山的事儿。不管好话坏话,只要跟魏青山沾边,她都爱听……兵荒马乱的,可怜她把想心上人当块糖,就着苦日子往下咽着……魏青山原本姓崔就是洪姨太跟我说的。对,河北雄县人……就是那么巧,他就是秀儿进京要找的娃娃亲女婿。秀儿大老远地找来了,他那天见了,就是不认。狠啊。

他也没法认,洪姨太把钱和心都给了他了……这还在其次,他心高气盛,就是一门心思要出人头地,一个乡下怯妞在他眼里算什么,连地上的一只虫子都不算,无情无义吧。他对谁都无情无义!

……我在秀儿出殡的那天赶回来的,我富哥披麻戴孝地发送秀儿,他的铺子那天也让万盛和给拆了,我看着那个场面二话没说,从腰里抽出个手榴弹就扔进去了。(往身后扔了个手榴弹。先不要响)

我不想活了!我对不起秀儿,我没对她说过一句体己的话,我更对不起我富哥,他送完了秀儿,还要接着送我!

【嗵!天幕上爆炸之声。贵宝倒地而死!

【烟消。

【天幕上,北京和平解放的图景和欢迎解放军进城的场面。

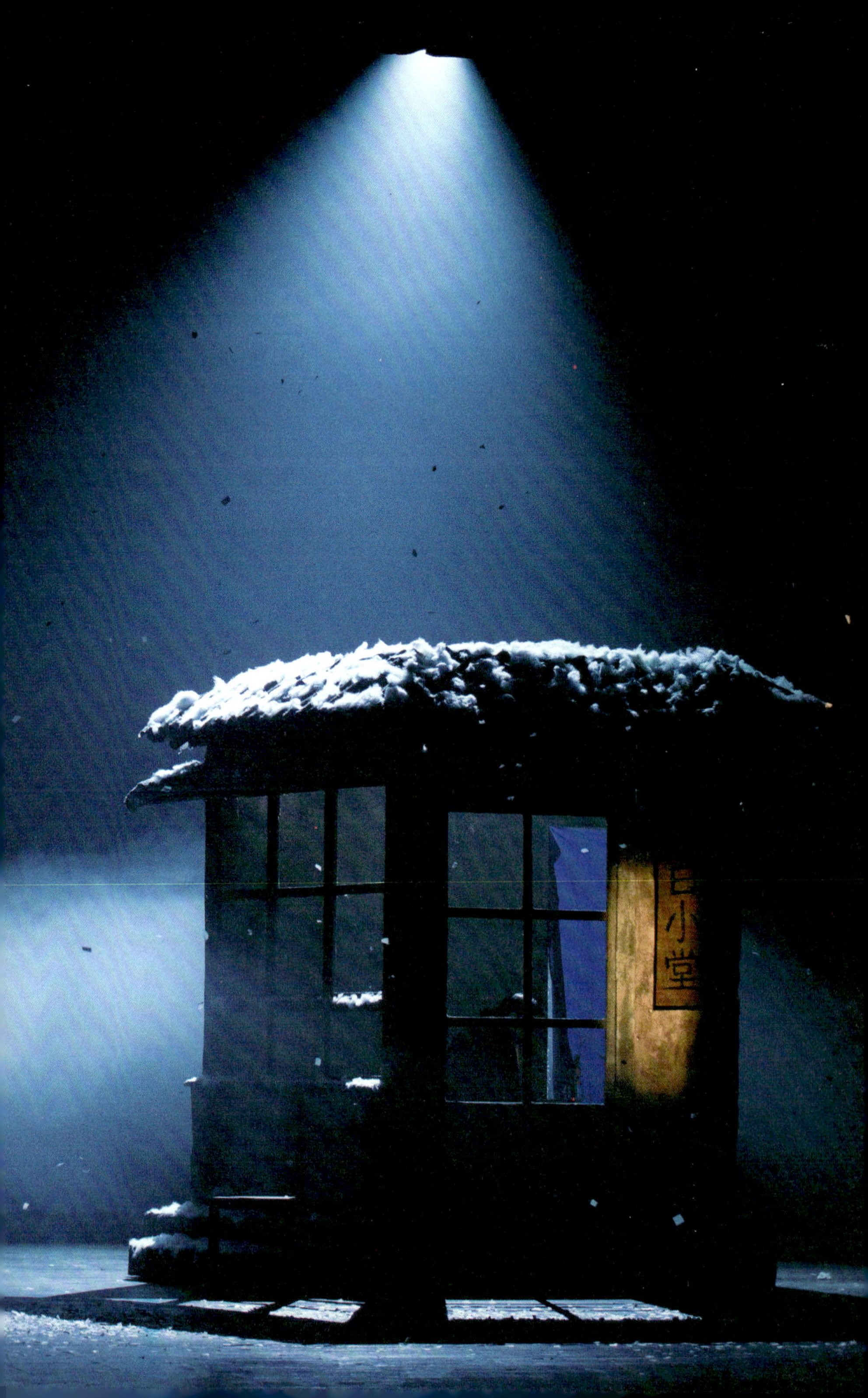
小堂

第十场 断金

流水不争先,争的是滔滔不绝,争的是一寸一寸地过日子,冷暖自心知,不为别人看。

【景全变了,新中国成立后五十年代初。

【漫天大雪。

【邮局门口。一个小棚子,挂着一些小百货。

雪中，瞎了的魏青山拄了个棍子，人老了。摸摸索索地在雪中走着，离棚子挺远就喊着……

魏青山：打听下，这是邮电局吗？

富小莲：（在棚子里，话外音）就是！

魏青山：说是有个代写书信的铺子？

富小莲：（话外音）您坐下吧。

魏青山：（摸着过来坐下）可到地方了？

富小莲：（话外音）坐。

魏青山：……稍等会儿啊，我喘口气……您把纸笔备好了，到时候我说你写。

富小莲：（话外音）……不急。

魏青山：（坐着想着）……大雪天的……好了吗？

富小莲：（话外音）您说吧。

魏青山：……洪李佩兰女史台鉴！……前字收悉，一读再读，如春风又至，春草重生，寄来的围巾收到了，遥遥千里，海隔两岸，你还在惦记着我……每念及此，心中又甜又苦……又苦又甜……写了吗？

富小莲：（话外音）写了。

魏青山：佩兰，此刻，就是我给你写信的这会儿，你的故乡北平正下大雪……我一时难掩思念，戴上你送我的围巾，出门来给你写信。佩兰，我心里有话无人可谈，再远也只想跟你说说……就在今天早上，万盛和的门楼子给拆了……东安市场要盖大顶子罩起来，原来的样儿没了……说话要在街对面盖百货大楼了，天南海北的人坐着火车往这条街来，这条街现在是买全国，卖全国了。

……写了吗？

富小莲：（话外音）……写了。

魏青山：……我今儿个知道万盛和门楼子要拆，一早就去了，我不躲着，我听着那描金加彩的门楼子咯咯吱吱从头顶上落下来时……我没哭……我忍住了没哭。

门楼子一落地，就跟落在手上的雪花似的化了，没了……我没哭。我忍着，我不能哭！

我魏青山二十三岁起到今天，在这王府井大街上开了最大的买卖，我拔了尖了，我魏青山人前人后红火了一辈子，谁提我都得高看一眼，它雪下得再厚，也盖不住爷们我蹚出的道儿来！我犯不上哭，我没的哭啊！

门楼子拆了，也就小半天儿啊，一点踪迹都没有了，白地，一片白地，大半辈子，我为它吃不香、睡不着的字号给拆了……万盛和，爱我恨我的人都在这儿演过戏的场面，这会儿戏散了，幕关了……没的看了。我没哭……可拆门楼子时，我听见自己身上的五脏六腑格巴格巴塌方了……和门楼子一块坍了，我站不住了，零散了，我要垮了……

……你写了吗？

富小莲：(话外音) 写了……

魏青山：我，我先缓口气，你给我念念……

富小莲：洪李佩兰女史台鉴……

魏青山：等等……不好！改，就写小名，春娥……就写"春娥我爱"！就这四个字，怕什么，这把年纪了还怕什么啊，就写"春娥我爱"！

富小莲：(拿着信边念着边从棚子后绕出来了) 春娥……我爱，前字收悉，一读再读，如春风又至，春草重生。寄来的围巾收到了，遥遥千里，海隔两岸，你还在惦记着我！

【富小莲拿了信纸，完全是背着词一样地念着，从后边出来了……

魏青山：等等……等等，你谁?!

富小莲：代写书信的。

魏青山：听着声儿怎么这么熟?

富小莲：……我……

魏青山：富小莲? ……老大!

富小莲：那年在井台上咱哥仨儿论过。

魏青山：哈哈!今儿个这是怎么了，老天，这是要收我啊!（自语）我想着坐了好几站车，躲远点，再躲远点……可还是撞你怀里了……（对富说）富小莲，我掏心窝子的话全让你给听去了!

富小莲：……寸了?

魏青山：真寸啊。富小莲!你，还给人写信呢?

富小莲：……十三岁家破，十五岁开始写了六十多年了。

【魏青山摸到了那个写字的棚子外的招牌。

魏青山：百……小……堂！

富小莲：百小堂还在。

魏青山：百小堂还在！万盛和拆了，百小堂还在？

富小莲：还在。

魏青山：富小莲，这会儿，你，你定的是什么成分？

富小莲：城市贫民。

魏青山：我是资本家！……富小莲，富老大，我一万个看不起你。

富小莲：在今儿个往前，您这是真话。

魏青山：打现在往后？

富小莲：是假话。

魏青山：怎么讲?!

富小莲：万盛和拆了，百小堂还在!

魏青山：万盛和拆了，百小堂还在?……了不起啊，可五十年来你就没风光过。

富小莲：人和人的风光不一样，六十二年前，我生活无着，在街上给人写信，到现在我依然给人写信。这在我就是最大的风光。

魏青山：……哈!富觉罗，我怎么忘了，你是过来人，有心得，你有心得。

富小莲：个敢说心得，大生大死、大起大落的事儿经历过。

魏青山：好，万盛和拆了，百小堂还在。哼，富小莲，你百小堂在王府井这条街上数一百家也数不着你。可我是第一号。

富小莲：那又怎样?

魏青山：我披过红挂过彩，穿的是锦衣热裘。

富小莲：那上边虱子跳蚤，脏的臭的都有。别的不说，你对秀儿无情，对贵宝无义，心里装了一肚子病。这二十年你就没睡过踏实觉。

魏青山：我，我不后悔。

富小莲：后悔的话，你刚才都说了。

魏青山：你！……把信还给我……把信给我！

富小莲：信给你，可心里话收不回去了。

魏青山：我不能让白纸黑字落你手里……报应，万盛和都拆了百小堂还在，你，你到这会儿还捅我的心窝子，你捅我心窝子……把信给我……

富小莲：（给他信）……魏青山，都这会儿了，你别像在井沿上那样，把头扎水桶里不起来行吗？咱缓口气行吗？（两人静会儿）人生在世犹如进场看戏，有早到的有晚到的。有坐了好座儿的，有站在边的。要是就为了看戏，不管站着坐着都能把戏看完了。非要坐当中间，机关算尽，一晚上连打带闹，把人打起来自己坐当间……可最得看的时候，戏散了，园子空了，戏一眼都没看着……这一晚上到戏园子，一辈子到世上干吗来了？

魏青山：依着你人就不该出人头地？

富小莲：流水不争先，争的是滔滔不绝，争的是安身立命，长长远远……争的是看两岸风光，桃红李白。争的是一寸一寸地过日子，冷暖自心知，不为别人看。

魏青山：……你真有话头，万盛和拆了，百小堂还在……你还在给人写信，我眼睛看不见了……走了！回见！

富小莲：等会儿，我叫洋车送送你。

魏青山：（硬气）用不着！我瞎了，再看不见了，我认命！

话剧剧本 | 188

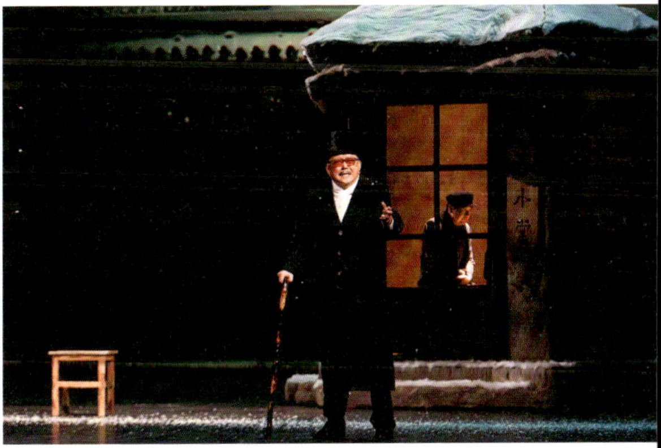

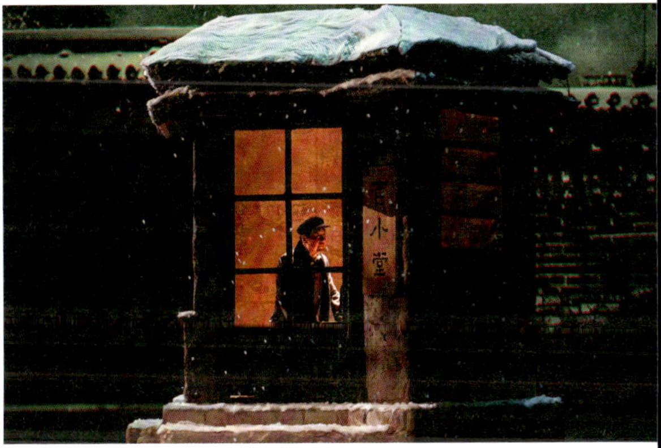

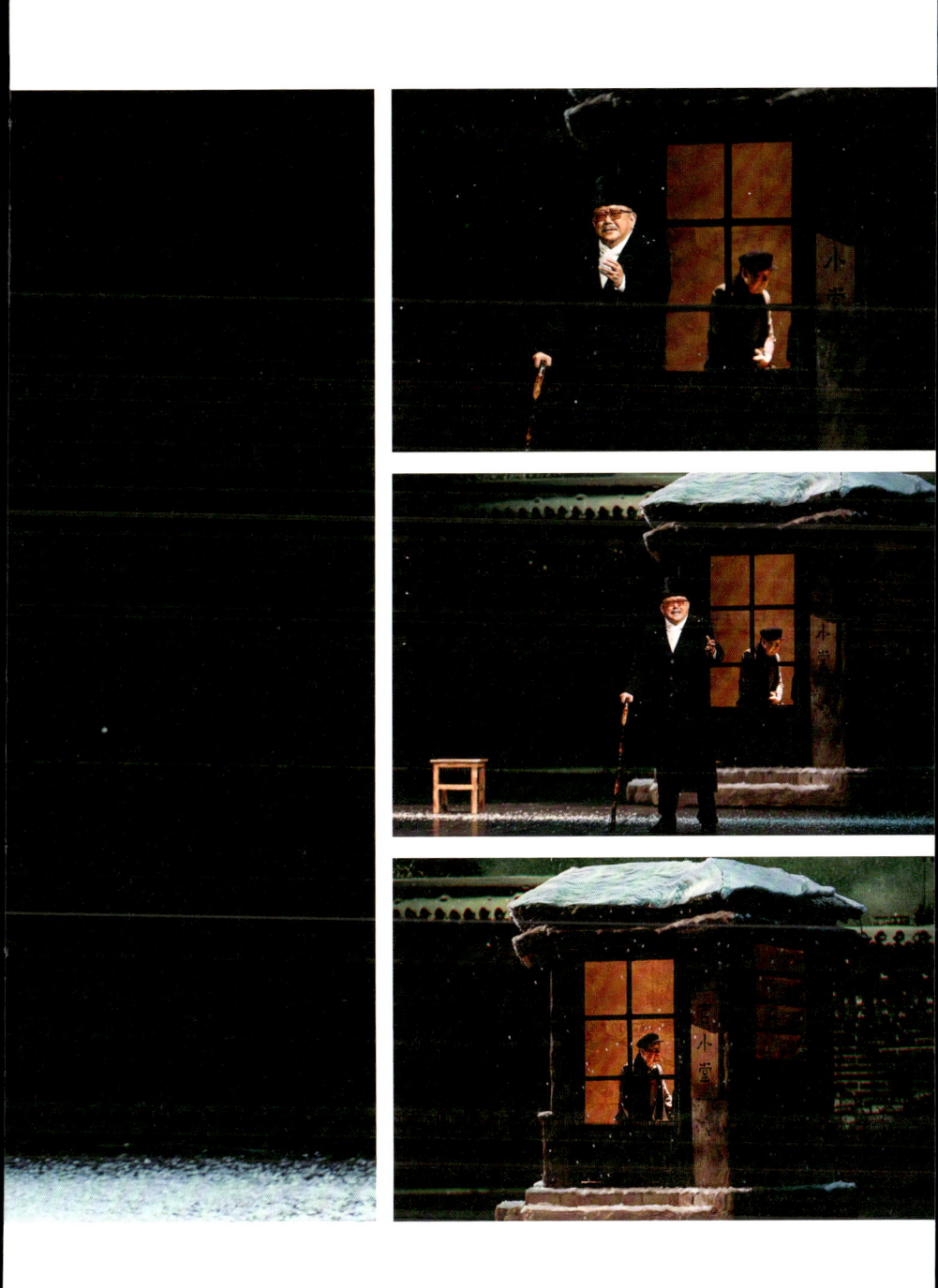

【魏青山拿着信,拄棍往下坡走着。

【雪下大了,飘飘落落……

【突然佟四爷打着小旗冲过来。

佟四爷:(可是老了)哎,老同志,您怎么不走人行横道啊!

魏青山:我瞎。

佟四爷:我可没说你瞎啊,哟,真是盲人同志啊,社会主义了互助互爱啊,那您扶着我胳膊,我送您过去!

魏青山:……佟四吧!

佟四爷:哟,谁啊,还说您瞎呢,您这是一认一个准。我瞧瞧您,魏……老板,魏同志……我刚看见万盛和给拆了。

魏青山:拆得好,干净。

佟四爷：……这大雪天，眼神又不好，您就别往外走了。

魏青山：佟四，求你件事，你看看我这信上写的是什么？

佟四爷：唉！让我看看……这纸上一个字也没有啊！

魏青山：没有字吗？

佟四爷：没有，跟这雪地似的白茫茫一片……

魏青山：没有字！哈，白茫茫一片，白茫茫一片大地真干净，没有，没有好，没有好……没有了干净，干净！

【富小莲出来扫着雪，把百小堂的招牌掸干净。

【穿着白长衫的贵宝，从上边出来，唱（孔尚任所作《桃花扇》中的一段唱词，为套曲《哀江南》中的第七段，曲牌是"离亭宴带歇指煞"。）

贵　宝：（先唱再出现秀儿，或直接由昆曲演员帮唱）
俺曾见金陵玉殿莺啼晓，秦淮水榭花开早，谁知道容易冰消！眼看他起朱楼，眼看他宴宾客，眼看他楼塌了！这青苔碧瓦堆，俺曾睡风流觉，将五十年兴亡看饱……残山梦最真，旧境丢难掉，不信这舆图换稿！诌一套《哀江南》，放悲声唱到老。

【在唱声中……

富小莲：走啊！

魏青山：走啊！

富小莲：加点小心。

魏青山：唉！都加点小心。

【雪越下越大，越下越大。

【舞台上人都不见了，音乐沧桑，舞台上静静的……

【雪无声,覆盖一切的白茫茫大雪。

2007年初稿于北京

2017年元月改六稿

2017年大年初六大改七稿

2017年3月6日改八稿

2017年3月8日再改九稿

3月9日再改第十场。夜有新想法再改

十稿定于LA 山寓

百小堂

衔金 主创访谈

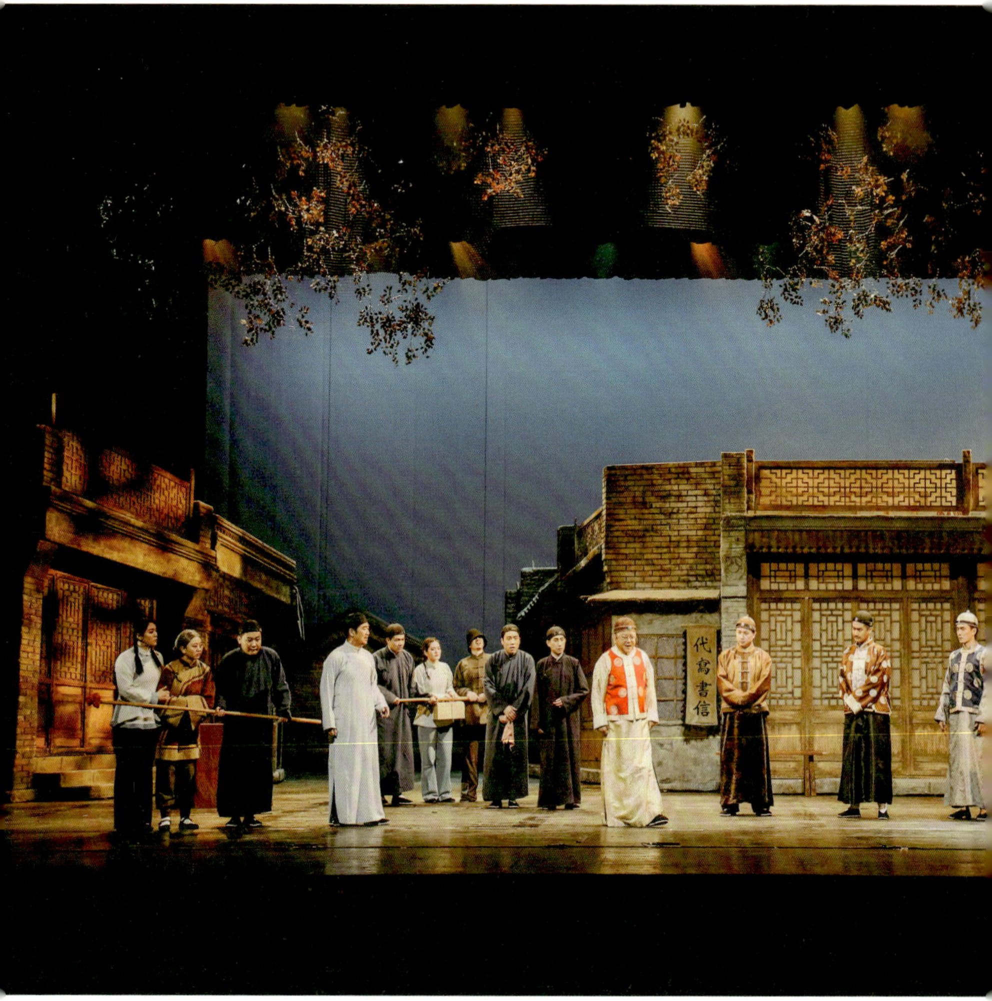
代寫書信

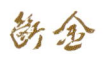

流水不争先，
争的是滔滔不绝

《断金》以王府井东安市场为舞台背景，浓缩了从清末、民国到新中国成立后五十年代初之间的老北京风貌。安贫乐道的没落世家子弟富小莲（张国立饰）、一心想出人头地的异乡人魏青山（王刚饰）、只想吃开口饭的旗人贵宝（张铁林饰），素昧平生的三人因同样的落魄境遇结为拜把子兄弟，合伙在新开市的东安市场共谋生计。从二十岁出头到而立之年，再到人生的暮年，面对动荡不安的时代、起起落落的买卖、阴差阳错的女人情缘，性格迥异的三兄弟，有着不同的选择和坚持。话剧《断金》由龙马社、保利演出有限公司联合出品。

Q：咱们先聊一下这个戏的缘起，怎么想到跟三位老师做这样一台戏？

邹静之：最早写的时候没想那么多，其实这是一个违约作品，后来阴差阳错地成了今天这样。我当时写的时候，看完资料，大概的时间跨度是从清朝末年到建国初期。

我一直就想一个问题，就是你都没想过，拔尖，"四万万同胞都拔尖，出门不得扎得慌吗？"（《断金》台词）。我们从小学的都是"不想当将军的士兵不是好士兵"，但是到了所有人都想当将军的时候，发现这句话也有问题，都想当将军，那这部队怎么带，兵谁来当？民工进城都想当老板，当不了，就杀人犯罪，大学毕业也想当老板，不断地跳槽，不安定，都是够不着的欲望催的。鼓励进取在改革开放初期不错，鼓励一种安于职守，忠于职守，是当下最应提倡的。

我活到六十五岁以后突然就感觉到，一个人

不到一定的年龄,他的幸数和不幸数是比不出来的。包括我有时候想到李斯,他在临死的时候跟儿子说,就是我们两个人此时就是像寻常百姓一样,在什么地方围猎,已经不可能了。[斯出狱,与其中子俱执,顾谓其中子曰:"吾欲与若复牵黄犬俱出上蔡东门逐狡兔,岂可得乎!"遂父子相哭,而夷三族。(《史记·李斯列传》)]这个后来被汤显祖用在《邯郸记》里,黄粱一梦。我个人其实有时候也有这样的感觉,比如我们同学发小,他们好像没有我那么风光,但他们有他们的风光,当看到他们的风光的时候,我觉得我的风光真就不是什么,这是最初想写的感觉。

Q:听您意思这个本子写出来以后放了挺久,是什么契机又开始排它?

邹静之:这个戏是在七八年前写的。原来我是在2003年的时候,其实我跟张国立、铁林还有干刚,那个时候正好纪晓岚也特别火,我的《我爱桃花》出来以后也很吸引人。他们就想排一个话剧，结果我就写了一个特超现实主义的纪晓岚话剧的大纲，有幻觉、有梦，非常喜剧，但就在我们要建组的时候，导演都找好了，一下大"非典"，那个戏就结束了。事情就是这样，你没在那个点儿上干成的事，以后可能就没有那个点儿再出现了。

结果前年年底，国立请我们三个人吃饭，聊起来还是想演舞台剧，因为国立得过梅花奖，王刚演过音乐剧，张铁林这几年也是演了不少舞台剧，可能突然就觉得舞台剧那种魅力一直在呼唤着。

正好他们一说这个，我想起来《断金》这个戏，因为这七年间有特别大的剧院想要我都没给，我知道这三个人太难演了，我其实最担心的就是这三个角色，如果没有人生阅历的话，他很难表达那么充沛。一个戏里三个人都有大段的独白，有很强烈的情节点，其实对一个编剧来说非常非常之难,这三个人都要塑造。所以我当时对他们说,别提纪晓岚了,时过境迁了,我有一个《断金》你们看看。结果看完以后都喜欢,但是这部戏我还是进行了大量的修改,我自己后来回想,修改的时间和精力不亚于重写一部话剧,我尽量地把这戏写得更充沛,不那么像原来的写实主义的戏那么弥漫快捷,它有跳跃,有冲击,最后有收束。

Q:邹老师给我们讲讲排练的时候吧?

邹静之:他们三个人都忙得不得了,整天是做节目、拍戏,终于有一天我说我要读剧本了,后来去了一个地方,才知道那天正好是张国立的生日,好多朋友都在。我又发着高烧,拉着张博(饰演佟四的演员)去结果他又忙,我只能自己发着烧读,我还没读几页纸,这三个人就自动进入了自己那个角色,就特别顺理成章地,我搭架子,他们各自读各自的词。

谁也没想到读完的时候，那天去了好多朋友，加上服务员，全鼓掌，真奇怪，我说怎么读剧本的时候就鼓掌了，就读到最后大雪的那种伤感，我当时烧虽然没退，但是内心按佛教的话说"法喜充满"，快活。

他们仨这一段排练，其实时间并不长。原来的话剧排练我从来不去，管都不管，但是这个我去了好几次，你就眼看着他们三个人越来越熟，越来越好。这三个人回家肯定都会下私功，因为他们第二天来了跟前一天完全不一样，而且他们还会在台上不断实验怎么好。这是我觉得就是艺术家，所以表演这个东西，我坚信是有天分的，有的人想跑怎么都跑不起来，祖师爷不赏饭吃。很多人说这三个人不常演舞台剧，会不会有压力，他们是老戏骨，不会自己给自己找别扭，不是自己给自己找病，他会找最有效的方式来提升自己，天天琢磨这个。在片场也是互相斗机锋，从来没看他们仨这么快活，在片场也没看到。

其实王刚先生已经马上七十了，我六十五，国立比我小两岁，铁林也是六十的人了，一帮花甲之年的人，能把一部戏演得这么棒，这么有层次，而且是裂帛之声。做话剧真是太不容易了，他们演影视的收入和排练演话剧的收入怎么能成正比，这就应了一句话，用老北京的话说叫"不冤不乐"，就是我不冤大头，不吃亏，就没有乐趣，就是不冤不乐，是王世襄写的一个人物，是经典。

Q：您今天看了这最后一场彩排，在台下看有什么感受？

邹静之：我的感触就像今天说的一样，我经常会进入戏里，其实什么剧情我都知道。但我个人会进去，会乐，会流眼泪，就像这戏不是我写的，就是他们演出来的。而且观众的反应也让我觉得，我这个戏能演下去。我形容看戏最好的状态是全场忘记呼吸，他开始被你牵着走了，心忽然动了，这个就是发喜，就是欣赏的喜悦。其实评价一部作品不是说一时，而是要穿透时间流传下去，莎士比亚、汤显祖都是四百年前的人了，现在全世界总有一个角落在演他们的戏，这就是穿透时间的。或者你希望能走出本土的文化，那不就是一个特别好的结果嘛。

Q：排这个戏的过程中，导演黄盈有没有做一些改动和再创造？

邹静之：有，有删减，但是基本架构没动，黄盈是跟我合作第二次了。

Q：《花事如期》。

邹静之：对，《花事如期》，那个戏是两个人三一律，一个时间，一个地点，一个事件，最难演的戏，导得非常好。而且我看过他的《枣树》和《黄粱一梦》，所以我极力向投资方推荐。

他和三位艺术家也很快就融洽起来，他是特别有大局观的，在为人处世上，在整个戏的处理上，都见大不见小，就是他浑然，这是我特别欣赏的。

Q：像您刚才也说了，您跟几位主演老师都是到了耳顺之年，您会有"人生如河流，争的是滔滔不绝"这样的感触。但是咱们很多戏剧观众都是年轻人，他们可能还在争先的阶段上，您觉得这个怎么传递，我们怎么去面对自己欲望？

邹静之：这事我也想过，但是我身边的年轻人，80%都不这么想。我碰见过很多特别有意思的年轻人，不把世俗那些当回事，他就是认为说不管成不成才，我不会成为世俗认为的那些人。特别奇怪，包括我女儿，我跟她说这些话，她说那是你的想法，我们就愿意争取更多属于自己的时间，我们愿意出去远游，我们愿意今天什么也不干，愿意就画一张画没有利益。所以我觉得倒比我那个时代的人更有平和的感觉。我身边有很多年轻的朋友，自己做古琴，自己做盆景，自己研究茶，我发现他们很幸福，为什么？他们每一分每一秒都是在过自己，如果他们占了社会公众的大多数，这个社会不就安定和谐了吗？

今天我看黄宾虹的夫人写他的回忆录，他和张大千住对门，人们川流不息地去张大千的家里买画，他们家没有。他跟他老婆说，你放心，我的画总有一天会有人认识。如果他也想争所谓世俗的东西，就画不出这么好的画了。我这戏里也说，你四十年前在井台上哭，跟现在蹲在这儿哭，没什么分别。这个东西你想通了以后，一下子就释然了。

Q：从《五月槐花香》里的琉璃厂到《断金》的王府井也想请您聊聊这个老北京情结。

邹静之：严格说我不是北京人。

Q：您是江西人，南昌。

邹静之：对，我是江西人。

Q：但是您从北大荒回来就一直在北京了。

邹静之：后来我待久了，发现北京这个地方，它很多时候都是都城，元、明、清是连着的，上千年的都城，这个地方一定是个有见识的地方，同时也长见识。所以我一个南方人很快就被它同化了，因为它的语言有自嘲、反讽，同时准确，它的那种准确就特别符合"文明戏"，也就是所谓话剧的那种准确性，所以它很经济。你可能想象不到用一个其他什么地方方言写的话剧能这么经典，四川的也有，但是真是北京的话剧，出了像老舍的《茶馆》、曹禺的《北京人》等等，这么多经典。

Q：刚才看戏的时候，有一个让我印象特别深的细节，就是一堆号外涌上来，跟东安市场上的吆喝声重叠到一起，您是有意在做一个小人物和大时代的这样一个交织吗？

邹静之：这个话剧紧紧凑凑两个半小时，它要有历史沿革，东安市场被烧、清帝退位，后来要盖大棚把一些高的门楼子拆掉，都是真的。为了有时代气息，就没工夫那么漫长地去讲，只能用号外、吆喝。

Q：整个戏非常紧凑，换景都非常利落，不耽误工夫。

邹静之：我其实特别想听听你们观众的意见。比方说这三个人时而是死的，是鬼魂在说，时而是实演，就这种快捷地转换，包括换景，就在台上这么明着换，永远不是什么落幕黑灯中场休息，观众在那儿出戏。刚开始你有点不习惯，演着演着台上怎么就开始推大墙了。但因为推墙的时候都在说买卖，不重要或者不交代情节的戏，或者是吆喝这种转景，突然你就觉得，经济，太经济了，所有的信号观众捕捉到了，但也很快把景换了。两个半小时你也没觉得那么长，但是它展示了从清末到新中国成立这一大段的历史，把这三个人四十多年的事件和恩怨也交代清楚了。

Q：您在这个戏里，展示了老北京这么多年的变迁，您怎么看这个变化过程？在现代来看，它意味着什么？

邹静之：其实我都超越了这些，我写的人在什么时代都是无分别的，"好坏无分别，天天皆如来"，等你有这种想法的时候，你会超越这些东西。我原来是一瓦匠，我变成写戏的了，结果把身体写坏了，这些好坏有分别吗，它的分别在哪儿？就跟沙滩上那个人说的，你挣完钱跑这儿晒太阳，我现在就晒着。这种东西不是消极的，干小事隐大志，你可能会达到你的梦想，但如果天天拿大志压着你，我要出人头地，臭的脏的什么都干，最后虽然是锦衣华服，但上面长满了虱子、跳蚤也不好，没意思，等你老了你就知道了。

(此文为凤凰文化专访，作者为冯婧，有删节)

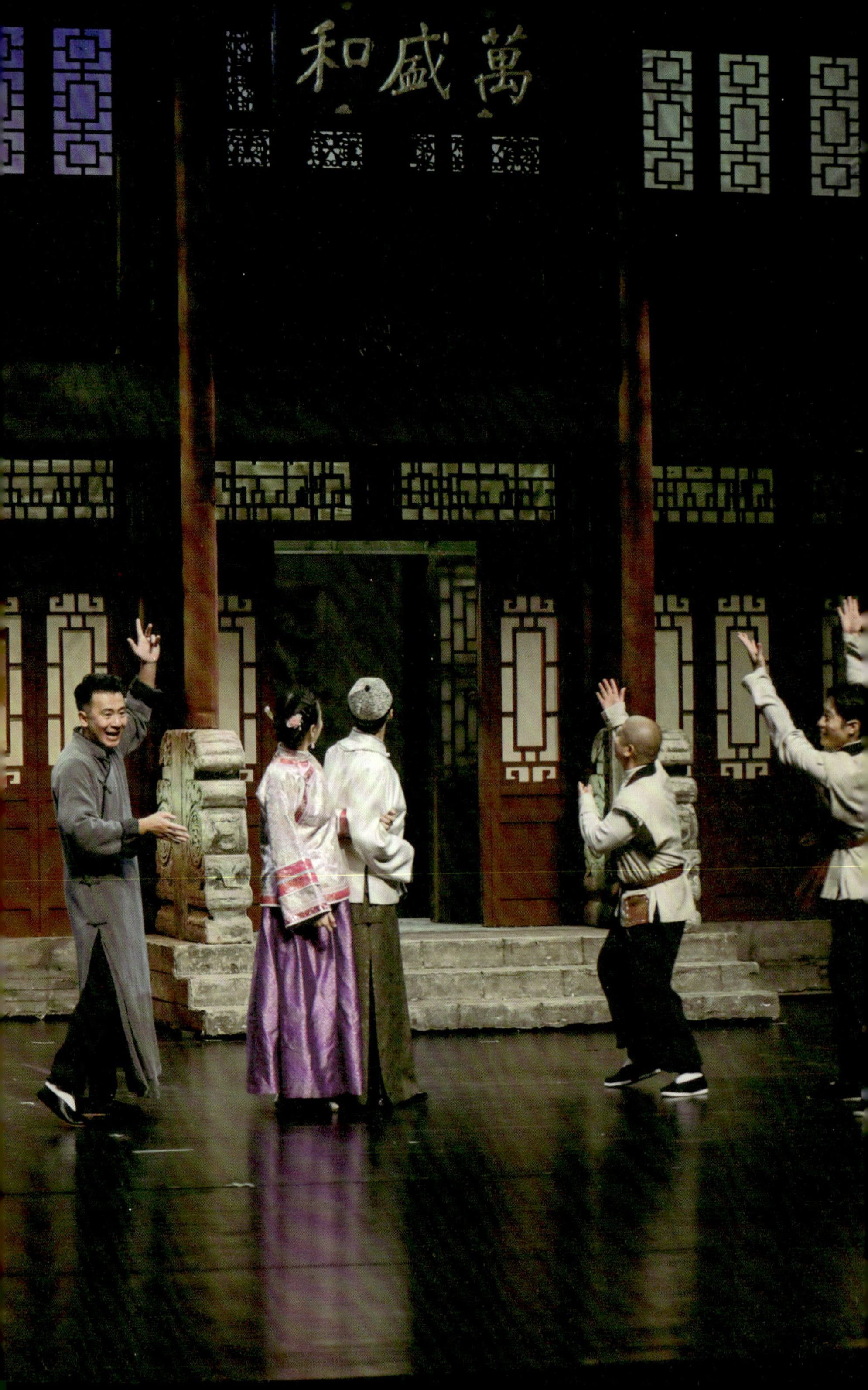
萬盛和

断金 主演访谈

断金

联合出品 龙马社 保利演出有限公司
LONGMA ENTERTAINMENT　POLY PERFORMING ARTS CO.,LTD.

曾经，看着电视里的纪晓岚、和珅、皇帝，仨人在荧幕中嬉笑打闹着，伴我们度过快乐的日子。渐渐地，电视上的他们出现得少了，我们也慢慢地成长了，终有一天，电视都不再打开了。忙着每天的生活。闲暇时分，偶尔会突然想起，那三位老家伙，他们在哪儿呢？

2017年，银幕上的"铁三角"再度合体，共同出演话剧《断金》。这一回，再次为观众朋友们带来惊喜与感动。

转眼，《断金》也过了百场。他们用生动的表演和充满感染力的台词，赢得了观众的满堂喝彩。张国立老师的演绎饱含人生阅历，每到深情处总能让全场为之动容；王刚老师的台词精悍有力，他将魏青山这个反派角色诠释得层次分明，令人又爱又恨；张铁林老师则在舞台上奉献了两段高亢有力的京剧唱段，幽默风趣的表演更是让全场笑声不断。

他们的合作不仅仅是为了再次创造经典，更是为了展示各自对角色的独特理解和深厚的演技功底。在

《断金》这部话剧中,他们通过对角色的深刻刻画,让观众在欢笑与泪水中感受到人生的哲理和情感的深度。

未来,不知道《断金》还是否有机会再次上演,让更多的观众欣赏到这部经典作品。而我们,则是静等、期待几位将带来更多的惊喜吧!

张国立

Q：这部剧里有十分精彩的台词，哪句是您最喜欢的？

A：我们三个都有自己的不同角色的台词的设定，当然我认为这部戏的台词比较经典的更多是集中在我的这个角色（富小莲）身上。比如说"人活一辈子，流水不争先，争的是滔滔不绝"。这个戏实际讲的就是，不管发生在哪一朝代哪一个时间，最后的结果也是万盛和拆了，百小堂还在。也是刚刚讲的那句台词所表达的，"人活一辈子，流水不争先，争的是滔滔不绝"。

Q：这部话剧创排的缘起是什么？

A：我们很早之前就要排一个话剧，就是话剧版《铁齿铜牙纪晓岚》。当时已经都准备开始排练了。突然"非典"来了，所以就搁下了。

主演介绍

张国立

国家一级演员、导演、制片人、主持人

饰演 富小莲

祖上在乾隆爷的大殿行走，
如今家族没落了，
只有一个小摊子勉强营生。
从富贵到贫苦的富小莲倒是看得开，
人人争着活个风光时，
他却说："流水不争先，争的是滔滔不绝"。
他的心气儿不用在向上争先，
而是用在对人 对事情深义重。

很多年之后，我们在一块吃饭，突然就说起，咱仨要是一块演一话剧就好了。邹老师当时也在，他说我刚写了个戏。但那个戏不是为你们仨写的，你们仨要演的话我就再改改，再润润色。现在想想真是梦一样啊。哥仨隔了多年又排上话剧了。

开始读剧本，邹老师也没说谁演什么。王老师说咱们各读各的哈，我们自然而然就知道谁演哪个角色，一下就到了位了。

我觉得我们仨在一起就没必要改变了，因为（角色定位）好像是约定俗成的。为了观众的欣赏的愉悦我们也不会改了。不是说我们驾驭不了互相的角色，而是观众还有一个欣赏的定式。你要打破这个他就很别扭。

Q：剧中您在开头讲"我富小莲这一辈子有对不住的人,我想翻过头重活一回,可是天地不容啊"。您在剧中对不起的是谁?

A：我对不起生命。剧里面我的这个兄弟(贵宝)让秀儿怀了孩子又跑了,最终秀儿这一死两命,没了,等贵宝回来的时候他的命也跟着走了。三条人命。

我就觉得这个戏好就好在这儿,你守了一辈子规矩,等你死了以后,回头再来看的时候,什么事儿是最大的,生命是最大的。就是我(富小莲)在这件事儿上没有尊敬生命。所以我每次说到我一辈子有对不起的人这段台词的时候,我一下子眼泪涌上来了。

就是这个人,你受了这么大的苦,过去那么多的大开大合,你也觉得你自己是一好人。但是你在三条生命面前,你是那么地冷漠。我们常说人的生和死才是最大的事儿。除了这两件事没什么大事。可是在生和死面前,我(富小莲)还是把规矩看在第一了。我认为这就是富小莲这个人死以后对他整个生命过程的一个总结。

王刚

主演介绍

国家一级演员、主持人

饰演 魏青山

一个心高气盛，
自恃站着是山，
倒下还是山的狠角色。
为了出人头地，
做事毫无情义可言。
一句"情份不能把产业拘着了"，
昔日共患难的兄弟，
顷刻扫地出门。
生意场上抢尖技上了一辈子，
到了，一封书信道出心底的那份落寞。

王刚

Q：这部剧里有十分精彩的台词,哪句是您最喜欢的?

A：天底下的人多了去了,要想出人头地,天塌下来,别人躺下了,你得站着。这就是我的一个,也可以说是座右铭吧。

Q：这部戏里有大量关于老北京的风土人情,对这些的了解是排戏之前又做了些功课,还是因为本身很熟悉所以就手到擒来了?

A：是自己原来有的那些东西。因为我虽然不是北京人,但是可着全世界,我最爱的还是北京。大概 1985 年我就到北京给央视干活,真正成为北京市民是 1995 年。那时候还穿着军装,1995 年转业就算北京人了。

我还记得到前门东大街北京市公安局去转户口,拿到身份证了,开着车到公安局门口,停了车。本来办完就走了,不,我还出来,把车放在这儿,先往西,绕着天安门广场走了一圈。很感慨。

从小就来北京,又以不是北京人的身份在北京工作了十年,今天终于是个新北京人了,挺兴奋。你要说感觉,比如对于老王府井,年轻时候来过,现在还都有印象,甚至哪个商店在哪儿也都有印象。

Q：剧里提到卖翠花的,含义还挺复杂。卖翠花的到底指代的是什么意思啊?

A：像我们台词里的"针头线脑小百货,翠花什么的我都有"。翠花就是在民国、晚清时候女人扎在头上的,不是翡翠,是一种头饰,统称翠花。它有各种各样的,比如小飞禽,或者蝴蝶,一般以绿色为主。它有的时候是点翠,点翠就是真的翠鸟的毛。现在北京还有这工艺。

Q：这个戏称为民国版《中国合伙人》,看这个戏对当下创业有没有什么启示?

A：说到对现代人创业有没有什么启示、观照,我们在接到本子时根本就没有这个感觉。也许是年龄使然,更多的是一种对生活的感悟,再往现代语言说就是价值观、世界观、人生观。虽然说的是三个人,三个不同类型,可谁是反面谁是正面?现在不应该这么二元化地去理解一个人物,甚至理解整出戏。你可以说这是三个人,你甚至也可以体味到这是一个人在不同的阶段、不同的年龄、不同历史时期、不同的境遇里都能出现的三种形态。

我和富小莲最后一场类似于一种语言的对决,打交道了一辈子的两个人最后交锋的时候,他说了一句也博得了观众的满堂彩,流水不争先呐。话又说回来了，在明清时期或者现在，我们能不能从创业的角度得一点启示：小伙子，别着急，我告诉你流水不争先。

如果每个年轻人在创业之初都接受这样的一种（想法），那还干不干了？那就完蛋了，就是要争先，力争上游，争取第一嘛。不干则已，干则干好。只有在我们这个年龄段，或者这三个人物走完了大半辈子的时候才能有这种体会。

所以究竟能给你什么，你不同的年龄、不同的阶段、不同的境遇，感受到的都不同。

张铁林

Q：您如何评价您演的这个角色贵宝？

A：这个角色（贵宝）设定在那个特定的历史年代是有代表性的。这部剧里是不同的价值观，突出反映了那个时代不同族群的不同价值观，我代表的是一个类型的人。不是每个人都有本事像人家魏青山能做买卖的。一开始我就说了，"我要吃开口饭，唱戏成角"。没什么大指望了这个人，就是没什么太高志向。就是一个随遇而安的人，就是他所有的词里面都涵盖着的这种精神状态。所以别指望贵宝这个人有什么态度。他这个过程，看完了这个戏，你就知道他是这个类型的人。也可能代表着当时中国社会相当一部分中国人的心态和状态。但是最后贵宝以死谢罪，他还是有传统的人

主演介绍

张铁林

著名演员、导演、主持人

饰演 贵宝

无心营生，只想着能在戏班子里混成个角儿。
性格单纯，却也招摇过市；
感情丰富，却薄情于女人；
兄弟情深，却是只得到而不付出。
乱世之下，也是一个苦命的人，
心里什么都有，
但行动上却什么都不做。

文和道义的。

Q：剧中有好多北京的礼数、规矩表现出来。这些您是如何把握的?

A：北京是个大缸,中国的文化你都能往这缸里放。北京这个地界跟中国传统文化的很多东西是相连的,帝王之都啊。我电影学院还没毕业的时候就演了《垂帘听政》,宫里的戏,那个时候还有朱家溍先生帮我们做礼数方面的指导。就是这些片片断断、支离破碎的知识,一点一点,一骨节一骨节的,这么多年积累到一块。我们是新社会长大的,对于过去历史的东西没有系统了解的机会,都是因为演戏才能接触到。实际上(我)对北京文化的根基和感情是很深的。

Q：从这部剧开始时的清末到现在有一百多年,在塑造角色时,您觉得有什么跟现在的社会现实、人们的心态有暗合、折射的东西?

A：我觉得这几个类型的人物在任何一个时代其实都存在。无论是今天还是那个年代,它都有某种代表性的意义。像我演的贵宝,吃闲饭,游手好闲之人,那个时候有,今天照样有。

反而王刚老师演的魏青山这个类型的,创业非常蓬勃最后又倒闭,又翻身,在当今改革开放的社会里边太多见了。只是可能就细节来说他不完全像这个年代的人,但从类型来说,这类人物每个时代都存在。这种特殊的人际关系,当今社会、眼下、身旁都有。你说有现实意义,每个看戏的人体味戏和自己生活的共鸣,那要取决于自己的阅历。我相信所有人物的命运,都有现代的意义。都存在。

Q：人这一辈子三碗面最难吃，脸面、情面和场面。作为过来人，老师们有什么解读？

A：这话是当时上海滩杜月笙常用的一句话。这就是适合当时杜月笙那种状况的，放今天，这个价值观是不对的。但我们是因为演的是一个讲过去的戏嘛。从清末到民初那个时期，有一部分人是有这样的价值观的。比如我们剧中的佟四这个人物，他就是守着这个价值观，也是他的处世之道。

衡金 表演手记

[主演]

张国立

还记得那一年静之、王刚、铁林，我们四人在一起围读剧本的情景。一路走来，太多美好。

《断金》这部戏，改变了我许多，仿佛心中尘封已久的扎根舞台的那颗种子，被激活了。

每次演出前，王刚带领着大家举行仪式，讲着舞台上认认真真演戏，老老实实做人的规矩，让演员们从心里爱舞台、爱戏、爱观众。一路走来，我们都浸染在庄严神圣感中。

《断金》对我们来说，是人生路上一次邀约同行的旅程，虽历尽艰难，但我们老哥仨没有一次因为个人原因而放弃演出。

第一百场演出将在国家大剧院落幕。不管是有仪式感的结束，还是新的开始，在我心中，那颗戏剧的种子仍在生发。

[主演]

王　刚

六年，中国—澳洲—北美，一百场，说多不多，说少不少，中间还有三年疫情呢！好几次定好的演出，说取消还不就取消了？不易呀！

再者，仨老家伙加起来二百多岁了，万一有个病啊灾儿的，咋整啊？有次谢幕，铁林愣把我拽了个大跟头，后怕呀！

深圳那场赶上台风，街上的大树被连根拔起，站在侧幕后，我跟国立嘀咕：还能有人来看戏吗？灯光亮起，哇，满堂彩！站在台上还没开口，眼泪下来了……

感恩观众，感恩保利院线，感恩国家大剧院。

谢谢国立、铁林，"铁三角"难得还这么铁！谢谢静之，写了又一出经典好剧！忘不了黄盈导演等台前幕后几十位青年才俊们！谢谢龙马社和姚怡总，下一轮"百场纪念"，老王在台下为你们喝彩：经典永不落幕……

[主演]
张铁林

从"铁三角"时期以来,国立、王刚老师我们三个人合作已经超过二十个年头了,这种持久稳定在文娱圈是少有的。

从《铁齿铜牙纪晓岚》到《五月槐花香》,我们合作的作品数量非常多,但都只停留在电视剧这单一类型的形式,我们都想有所突破,一直在寻找一个合适的契机。

因此,《断金》的演出不是偶然的,是持续了十年,甚至二十年合作的一个延续。《断金》终于接近百场了,这是"铁三角"和静之先生合作的里程碑,算是我们四人的晚年"绝响"吧。

静之、国立、王刚年长于我,亦师亦友,收获很多。我们还要努力创作,珍惜年华,无愧于时代,为观众演更多的好戏。感恩时代和观众。

[主演]
杨紫嫣

我在剧中饰演的秀儿是一个悲情壮烈的角色，是旧时代很多女性的缩影，也是一个时代的缩影。秀儿和三兄弟都有关联。魏青山是她奉父母之命定下了娃娃亲，却对她避而不认的人；贵宝是她在孤苦无助的时候打动了她，让她以为可以托付终身，却还是抛下她的人；直到和富小莲一起守着百小堂生活，她才找到了乱世之下最温暖、最平实的君子之心，而她想勇敢去爱的人却困守在旧礼之中无法回应，她最终选择为所爱之人付出生命……

《断金》断的是金，讲的是义，留的是情。

作为舞台上的新人，非常感谢邹老师的剧本，感恩能和三位老师合作，感谢一起合作的年轻演员们，更感谢龙马社，大家都是那么地优秀。

在舞台上大放光彩的《断金》，也是我人生当中的一出大戏。

[主演]
张　博

《断金》一百场啦！一百表示一百个1，代表着满分，寓意是优秀、完美、圆满、十全十美。从剧本首次围读的提心吊胆，到进入排练厅后的如履薄冰和排练过程中的受益匪浅，直到现在还是历历在目。

三位老师对怎样"追究"戏里生活的深刻和复杂，怎么将这些内容传递给观众，深入他们心里，做得是淋漓尽致。《断金》是让你对悲剧的彻悟，而所谓悲剧并不只是向你传递悲伤，还有传递更深层次的人的感悟，这就是深刻的快乐。也是编剧和三位老师高级的地方。他们饰演的角色能够充分展现戏剧应该有的艺术力量、文化力量和思想力量，而这些力量能跨越种族和阶层，与观众产生共鸣，且并没有所谓的距离感。

[主演]

高晓菲

这次跟前辈不只是学艺,更是剧中体德,感悟人生真谛。我饰演的"洪姨太"这个人物,我在她的故事中感受她的"痴",她的"爱",她的"情",她的"真"。那种奋不顾身的纯粹,飞蛾扑火般的执着,让人心头充满怜悯。感恩可以用灵魂相遇"洪姨太",在她的故事中去撕心裂肺,去流泪。

遇到优秀的剧本,创作喜欢的角色,对手演员又是良师益友,这是演员的幸运。感恩《断金》让我都实现了,并亲历这一百场的演出。祝愿《断金》"滔滔不绝",经典永存!

[出品人]

姚 怡

感恩国立老师、王刚老师和铁林老师七年一百场《断金》的相伴和守护，戏里戏外、台上台下我们遇到的都是热爱戏剧、热爱诗意生活和哲学思考的人们。

诗意是他们生活中最本质的东西。

邹静之老师在成为编剧之前是诗人。

今天的我们早已不在诗里寻觅意境，安放灵魂，生活已如战场，必须赤裸裸地直面终点。

功成名就之后的邹老师回到了话剧舞台，一部部有着"诗画般语言"的作品，继续着他作为诗人的诉说。

诉说不再孤独，有友情，有知音，就有了幸福的光亮。这份幸福是真实的。在围读中，在排练场，在大幕开合之间，更在观众心头。灵魂不死，这份幸福永在。

大众狂欢的今天,我们早已不用诗甚至文字交流,文字即将伴随精英时代共同落幕。但,我们能以灵魂直面灵魂吗?

也许文字的落幕,只在于社会精英远离了文字,诗意变成了更纯粹的精神?人若不能为诗意的文字、语言和音乐心感迷茫,他们的精神也已经干枯。

愿我们能守住剧场这一人类最后的精神家园,让我们随诗意一起走得更幽深致远……

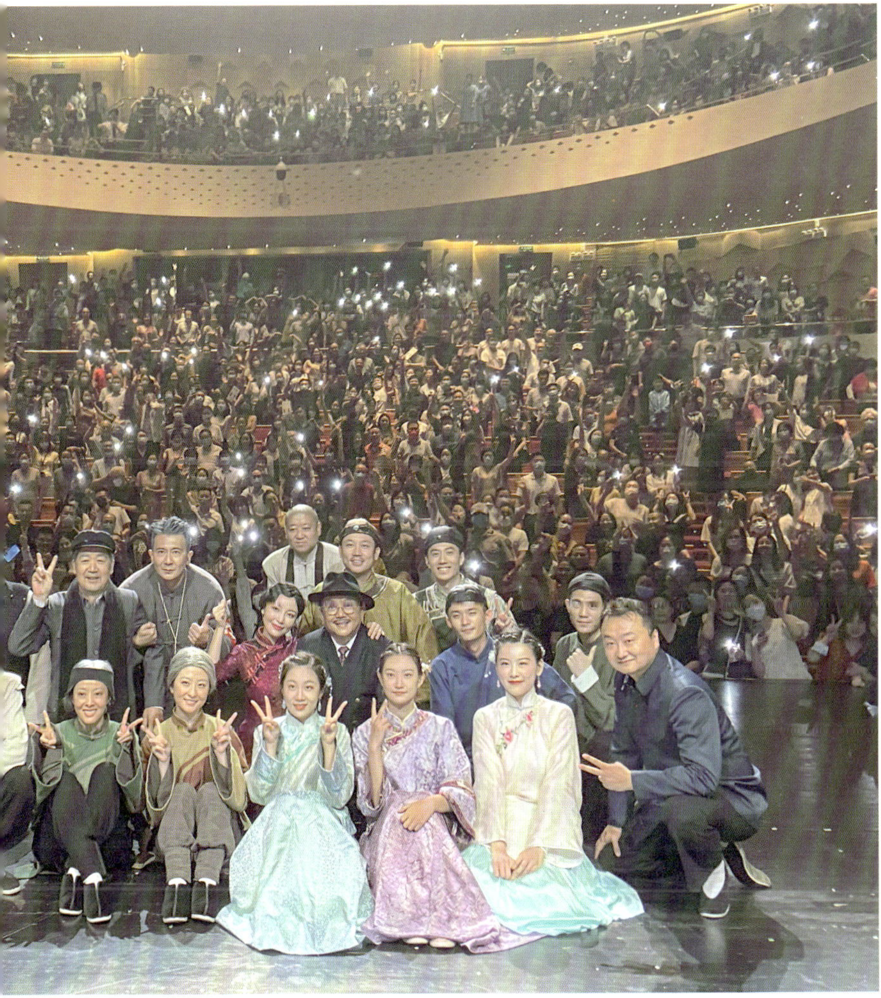

《断金》演出大事记

2020年12月18日 — 19日　　西安陕西大剧院
2023年5月27日 — 28日　　西安陕西大剧院
2017年12月24日 — 26日　　成都锦城艺术宫
2021年12月30日 — 2022年1月1日　　梅溪湖国际文化艺术中心大剧院

2019年4月25日 — 26日　　悉尼The Star剧院
2019年4月30日 — 5月1日　　墨尔本皇冠Crown剧院
2019年8月9日 — 10日　　温哥华女王剧院
2019年8月17日 — 18日　　多伦多索尼艺术中心

2020年12月4日 — 5日　　海口东方环球大剧院

249 | 大事记

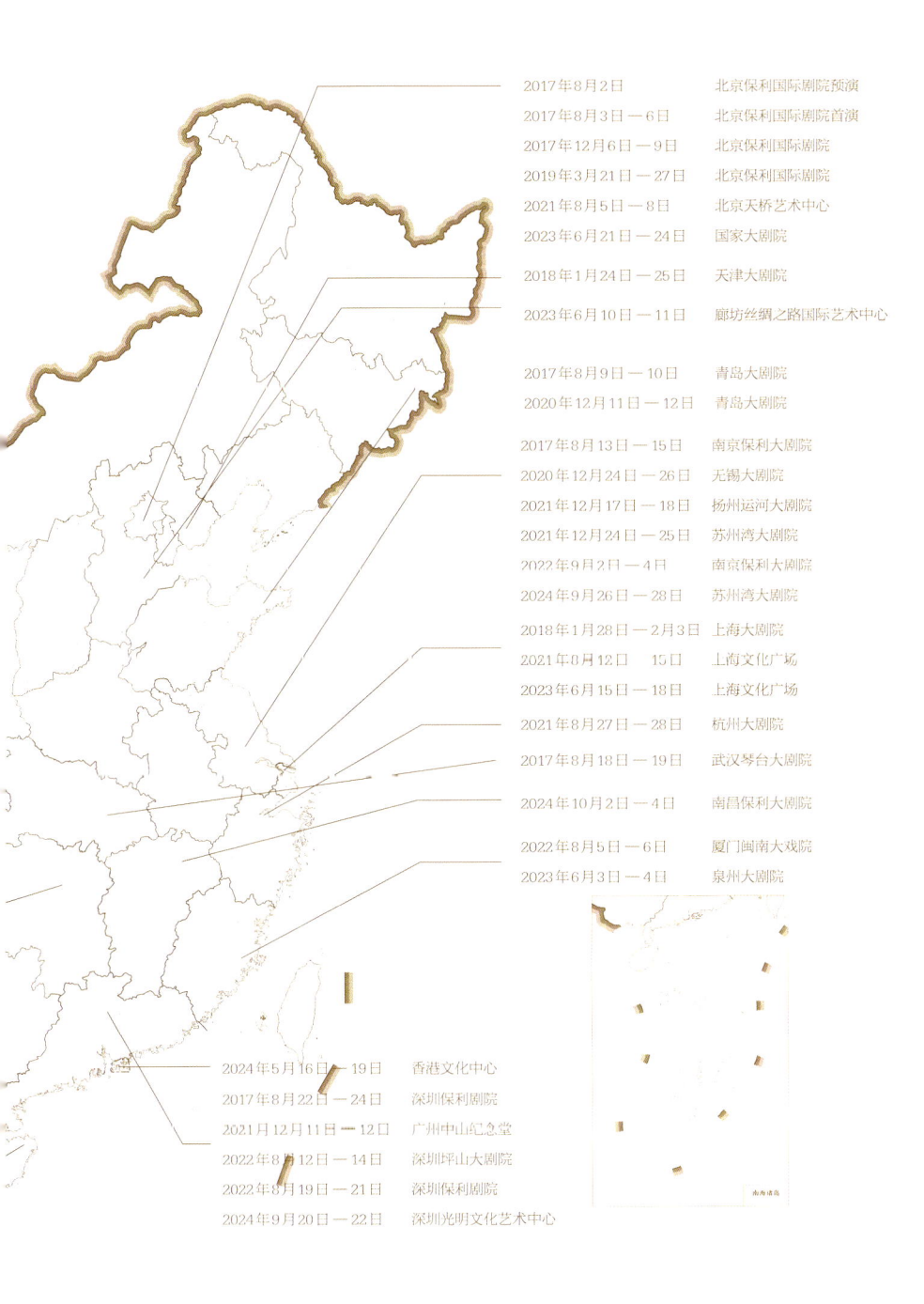

2017年8月2日	北京保利国际剧院预演
2017年8月3日—6日	北京保利国际剧院首演
2017年12月6日—9日	北京保利国际剧院
2019年3月21日—27日	北京保利国际剧院
2021年8月5日—8日	北京天桥艺术中心
2023年6月21日—24日	国家大剧院
2018年1月24日—25日	天津大剧院
2023年6月10日—11日	廊坊丝绸之路国际艺术中心
2017年8月9日—10日	青岛大剧院
2020年12月11日—12日	青岛大剧院
2017年8月13日—15日	南京保利大剧院
2020年12月24日—26日	无锡大剧院
2021年12月17日—18日	扬州运河大剧院
2021年12月24日—25日	苏州湾大剧院
2022年9月2日—4日	南京保利大剧院
2024年9月26日—28日	苏州湾大剧院
2018年1月28日—2月3日	上海大剧院
2021年8月12日—15日	上海文化广场
2023年6月15日—18日	上海文化广场
2021年8月27日—28日	杭州大剧院
2017年8月18日—19日	武汉琴台大剧院
2024年10月2日—4日	南昌保利大剧院
2022年8月5日—6日	厦门闽南大戏院
2023年6月3日—4日	泉州大剧院
2024年5月16日—19日	香港文化中心
2017年8月22日—24日	深圳保利剧院
2021年12月11日—12日	广州中山纪念堂
2022年8月12日—14日	深圳坪山大剧院
2022年8月19日—21日	深圳保利剧院
2024年9月20日—22日	深圳光明文化艺术中心